Die K

Brigitte Kronauer

Die Kleider der Frauen

Geschichten

Philipp Reclam jun. Stuttgart

Umschlagabbildung:
Dieter Asmus: Kind und Katze, 1991

RECLAMS UNIVERSAL-BIBLIOTHEK Nr. 18542

2., durchgesehene Auflage
Gesamtherstellung: Reclam, Ditzingen. Printed in Germany 2008
RECLAM, UNIVERSAL-BIBLIOTHEK und
RECLAMS UNIVERSAL-BIBLIOTHEK sind eingetragene Marken
der Philipp Reclam jun. GmbH & Co., Stuttgart
ISBN 978-3-15-018542-1

www.reclam.de

Inhalt

Frau John kommt! 7
Im Dunkeln 14
Die kleinen Hunde an ihren Leinen 22
Nachthemden 29
Tante Fritzchen in Weiß 32
Susanna im Bade 38
Bügeln 1 43
Bügeln 2 46
Die Katastrophe 49
Fräulein Welziehn im Reich der Fische 54
Vierzehn 57
Samstagabends 63
Frühling 68
Gadowski, Gadowskis Freundin 70
Das Tüpfelkleid 87
Der letzte Mann 101
Die Putzfrau des Präsidenten 104
Das Rind 112
Annegret 117
Die Verfluchung 124
Grillen 131
Die hohen Berge 138
»Warum trauern meine Brüder?« 145
Wer ist sie wirklich? 149
Krähen 153
Da geht er hin 163

Schnelle Rückschlüsse. Ein Nachwort 171

»Oh, wie komisch. Ich komme mir so schön klein vor!«

Winsor McCay, »Little Nemo in Slumberland«

»Da glaubt' ich schon ein Greis zu sein /
Und hab' mich sehr gefreuet.«

Wilhelm Müller, »Winterreise«

Frau John kommt!

Dunkel erinnere ich mich an eine gewisse Frau John, dunkel, wie sie es selbst ja auch war. Eigentlich keine gewisse, sondern eine sehr ungewisse Frau. Das lief aber auf dasselbe hinaus. »Frau John kommt, Frau John kommt«, hieß es, wenn sie ihren Besuch durch einen kleinen Boten ankündigen ließ.

Sofort wurde im Wohnzimmer abgestaubt.

Ungewiß deshalb, weil man als Kind nichts Genaues über sie wissen konnte. Nein, über Frau John nicht! Und so war immer die Reihenfolge. Zuerst der Ruf: »Frau John kommt!«, dann das Abstauben, das Eintreffen der Tanten und Nachbarinnen, Frau Johns Absätze im Flur, zum Schluß das falsche »Endlich!« der zurückbleibenden Frauen und erst dann der Spruch von Frau Petz.

Frau John schien Pianistin zu sein, vielleicht auch nur Schauspielerin, irgendeine Künstlerin oder die Direktrice einer vornehmen Bar. Immer trug sie, die äußerst schlanke Person, was besonders an ihren wendigen Hüften auffiel und wohl den Neid der Tanten erregte, ein schwarzes Kostüm, ein Hütchen aus Filz und Federn und eine Perlenkette im tiefen Ausschnitt. Damals wußte ich noch nicht, daß es ein Zeichen für etwas sein sollte. Es waren ein, zwei oder sogar drei Perlenschnüre, und sie wurden treulich von den Anwesenden, meiner Mutter, den Tanten und Freundinnen, lauthals bewundert. Das aber merkte ich natürlich schon: Wie sie das Bewundern spielten, und ihnen das Übertreiben Spaß machte und die Frau John dieses

Spiel von ihnen strikt verlangte, sonst wäre sie dann leider nicht mehr gekommen.

Sie ging immer zu früh von uns weg und nahm die gute Laune mit. Die Zurückgebliebenen sagten trotzdem: »Endlich!«, aber nur, um sich über ihren Verlust und den entschwundenen teuren Duft zu beruhigen. Ich selbst machte es nicht anders. »Endlich!« sagte ich, worauf die Tanten sehr lachten, hoch über ihren großen Brüsten, und ihre Verdrossenheit vergaßen. Ich horchte dem straffen Ton von Frau Johns Absatzgeklapper auf den Flurkacheln nach, einem ganz leisen Schmatzen. Die Absatzplättchen wurden vom Boden kurz angesogen, um sich dann um so stolzer abzustoßen und dabei zu entfernen. Tsitt tsitt, tsött tsött, plöck plock, plock plöck.

So ging es viele Male, bis es ganz verklungen war.

Gelegentlich hob sie mit ihren langen Fingern mein Kinn an und sagte: »Spatz?« Sie betrachtete mich schnell und gründlich, sie prüfte, ob ich das Zeug besaß, einmal so zu werden wie sie. Dabei atmete ich ihr Parfüm, aber auch ihren Zigarettengeruch ein. Sie wurde für den Moment ein Wesen zwischen Mann und Frau. Der Rauch befremdete mich ein bißchen, und so konnte ich mich nicht vollständig der Freude an unserer Annäherung überlassen. Dabei hatte ich noch kurz vorher dem eleganten Zuklappen ihres Zigarettenetuis gelauscht. Es klang, als würde sie es einem Unbefugten oder gar Zudringlichen vor der Nase zuschlagen, ein hohles Schnalzen, wenn die Zunge sich effektvoll vom Gaumen löst. Es war bereits die Androhung eines Peitschenknalls, eines Pistolenschusses. Ich verstand gar nicht, warum zwei so verschiedene Sachen, die

Rauchausdünstungen und dieser edle Ton, etwas miteinander zu tun haben konnten.

Im Sommer trug sie kurzärmlige, gepunktete Blusen. Sie hielt dann die Kostümjacke am gestreckten Arm, im nach innen gekippten Handgelenk. Das hätte ihr niemand nachmachen können, so lässig, wie sie dann an der Tür stand mit verbindlich schräg gelegtem Kopf. Bin ich willkommen? schien sie zu fragen, dabei wußte sie genau, daß alle sie gierig erwarteten. Satin und Seide ergossen sich über ihren Oberkörper, bis der strenge Rock den ausschweifenden Stoff einkassierte. Zwischen Mai und September sah man am nackten Unterarm eine schmale Narbe, die von der Handwurzel fast bis hoch zur Armbeuge führte, ein glänzendes, wenn auch nicht regelmäßiges Zickzackband, eine Schmucknaht, die sie keinesfalls zu verstecken suchte. Ich dachte oft über diese Narbe nach, immer, wenn sie dieses unübersehbare Zeichen entblößte, fragte aber weder sie, noch eine der Frauen danach. Frau John tat so, als bemerkte sie die Blicke nicht. Selbst Alex, mein Bruder, der sich damals mehr für Pferde interessierte als für Frauenarme, erinnerte sich noch Jahrzehnte später an die Vernarbung.

Frau Petz von oben behauptete einmal, aber nur ein einziges Mal, Frau John hätte eine Tochter von einem Leberkranken. Sie hatte in Wirklichkeit wohl Lebemann gesagt. Dieses Kind stecke meist in einem Waisenhaus. Doch, manchmal wirkte Frau John ein bißchen amüsiert, schwieg allerdings dazu. Sicher wußte sie, daß es klug von ihr war, aus der Narbe ein Geheimnis zu machen. Ihr Mittelfinger strich sehr langsam an der Linie hoch, die wie die Spur eines Blitzes war. Ein sogenannter ›Geburtsfehler‹, damals sehr in Mode, konnte es ja wohl nicht sein?

Aus einer ihrer stets kleinen Taschen holte Frau John, wenn sie mit den Frauen am Tisch saß und Sherry oder Portwein serviert wurde, nach einer Weile ein Päckchen mit Briefen und Postkarten, deren Ansichten aber niemanden interessierten. Auch den Briefmarken aus allen Teilen der Welt wurde kaum Beachtung geschenkt. Gelegentlich offerierte sie die Post einzeln, jedes Stück als Überraschung. Sie legte die Briefe in ihren Umschlägen so – manchem warf sie einen angedeuteten Luftkuß hinterher, bei anderen tippte sie sich mit dunkelrot lackiertem, aber kurzgeschnittenem Nagel gegen die Stirn –, daß man die Absender lesen konnte. Auf die allein kam es hier an! Sie ordnete sie auf der Tischplatte in einer Weise, wie man es vielleicht bei einer Patience oder einer ähnlichen Wahrsagerei aus den Spielkarten macht. Im Grunde aber sah es aus, als würde sie ein Heer in Schlachtordnung, vielleicht auch nur zum Appell aufmarschieren lassen, eine Division, ein Bataillon, ich kannte mich im Militärischen nicht aus. Indem sie hier und da, rasend schnell sprechend, weshalb mir auch der Inhalt entging, auf die Postsachen klopfte, sprach sie eine Ernennung oder Degradierung aus. Ruckzuck fanden Belobigungen und Exekutionen statt.

Die Frauen lachten und staunten. Wir alle waren stolz auf die Unmengen Post, die Frau John von Männern bekam, mit denen sie in den allermeisten Fällen, vielleicht sogar ausnahmslos, in geschäftlichen Beziehungen stand. Nie ist mir eine anzügliche Nuance aufgefallen. Ich hätte es zumindest am Gesicht meiner

Mutter oder der Tanten bemerkt, und auch, wenn sie zum Verklingen ihrer feurig trommelnden Absätze sagten: »Endlich!«, und ich mit ihnen seufzte, fiel nie eine Anspielung dieser Art.

Das Wort »Harem« kam öfter vor, aber es entschlüpfte dem Mund von Frau John, und allen war klar, daß es hier anders als sonst gemeint war. Manchmal fragte eine der Tanten nach einem Mann, der bei der etwa zwei- bis dreimonatlichen Präsentation fehlte. Frau John verzog dann kurzfristig erbittert das Gesicht, zornig oder auch entschuldigend. Jedenfalls verzeichnete sie eifersüchtig jede Abwesenheit eines Truppenmitglieds, jedes Ausscheiden und vor allem die Neuzugänge der Absender, bei denen sie noch nicht wußte, ob sie in die Mannschaft der Getreuen aufgenommen würden. Über allzu Zuverlässige wurde gespottet, über Säumige beim dritten Mal das Urteil gesprochen, auch wenn, selten, ein Stachel blieb. »Will mich bestrafen!« lachte Frau John in solchen Fällen böse. Manche Namen verblaßten wohl auch und wurden von uns schließlich vergessen.

Am Ende schob sie all die ihr gewidmeten Sendungen zusammen, deren Verfasser einige Minuten oder viel länger ›Frau John‹ gedacht und sie sich vorgestellt hatten, ›Liebe Frau John‹, ›Verehrte Frau John‹, ›Liebste‹, alle mußten gemeinsam als Päckchen in den Duft ihrer Tasche zurück. Briefe von Frauen erhielt sie offenbar nie oder sie zählten hier nicht.

Genau so war es eines Tages wieder zugegangen. Auch: »Frau John kommt! Frau John kommt!« hatte es geheißen wie immer. Mir fiel nur auf, als wir »Endlich!« sagten, daß ich im Hausflur gar nicht das Entfernen ihrer hochmütigen Absätze dazu hörte, und die Frauen hatten es leiser gesagt als sonst, zerstreut beinahe. Sie räumten auch nicht gleich die Gläser weg, sie setzten sich alle noch einmal hin mit Gesichtern, die große Vorsicht ausdrückten und tranken noch ein Gläschen, wie einige Monate vorher, als Herr Peters sich auf der Treppe das Genick gebrochen hatte, auf den Vereisungen durch den Wasserrohrbruch vom Etagenklo. Sie lächelten zwar, aber nur zum Schein.

Meine Mutter sagte schließlich kopfschüttelnd mit trauriger Stimme: »Solche Schubkarren!« und zeichnete dazu beidhändig die ungefähre Form eines Briketts in die Luft. Die Tanten nickten. Da wurde auch mir bewußt, daß Frau John auf eine neue Weise gegangen war. Ein bißchen anders, jedoch nicht sehr viel anders als bisher. Weniger elastisch, langsamer, was vielleicht gar nicht zu dem engen Kostüm passen wollte? Auf ihre Schuhe hatte ich nicht geachtet, sie trug doch sowieso immer hochhackige schwarze Pumps, mal aus rauhem, mal aus glattem Leder. Heute aber zum ersten Mal »Schubkarren«.

Frau John kam noch öfter. Sie wurde nicht mehr ganz so zornig, wenn es bei den Postsachen Versäumnisse gab. Die Tanten fragten auch nicht länger nach den fehlenden Männern. In hoher Geschwindigkeit fächerte sie ihre Postgefolgschaft vor uns auf, aber nie mehr in den Stöckelschuhen von früher, und nur dieses eine Mal saßen die Frauen nach ihrem Weggehen noch lange um den Tisch, starrten dessen leere Mitte an, und selbst Frau Petz von oben, die immer nach ihren vielen kleinen Kindern roch, sich aber doch nie die Frau John entgehen lassen wollte, sagte nicht, wie sonst zum

Schluß: »Die einen schuften, die anderen duften!« Die Frauen saßen da vom Schlag getroffen, steif und stumm und rührten sich nicht, als hätte man ihnen etwas nicht Wiedergutzumachendes zugefügt oder etwas Schönes weggenommen für alle Zeit.

Im Dunkeln

»Ein Schwein ist verunglückt.«

Ich weiß genau, wer spricht. Die tiefe Stimme kenne ich seit langem, der habe ich oft genug durch meinen Karton hindurch zugehört.

Verunglückt auf der Autobahn, auf dem Weg zum Schlachthof. In seiner großen Not, als seine Not am allergrößten war, hat es seinen Mut zusammengenommen und ist dem Bauern vom Lastwagen gesprungen, erst die Bretterwand hoch, dann auf die Straße runter. Das kluge und mutige Schwein aber habe sich die Beine gebrochen und die rosige Haut aufgerissen. Verletzt sei es, vom Besitzer unbemerkt, auf dem Seitenstreifen in seinen Schmerzen liegengeblieben. Da lag es verlassen und litt. Die Autos brausten unaufhörlich. Niemand weiß, als die Fahrzeuge brausten, ob es schrie. Erst am Schlachthof habe der Bauer den Verlust festgestellt und sei sogleich umgekehrt, um ein neues Schwein als Ersatz aus dem Stall zu holen, erzählt die herrliche, tiefe Stimme. Mir, die man ins Bett gesperrt hat, entgeht kein Wort. Dann sei er an der Unfallstelle vorbeigekommen, wo die Polizei inzwischen das Unfallopfer betreute. »Der Bauer erkannte erfreut sein Tier und auch das Tier, in der Fremde, muß seinen Herrn erkannt haben, man weiß nicht, ob mit zaghafter Hoffnung oder voller Entsetzen. Der aber brachte nun, beschwingt vom glücklichen Ausgang, beide Schweine, das gesunde und das verunglückte, zum Schlachten. Es war ihm ja das Natürlichste von der Welt.«

Sonst, wenn uns der Schriftsteller besucht, sitze ich geduckt unter einem Karton mit zwei Löchern für die Augen und beobachte ihn, bis er geht. Er sieht mich nicht, nur mein Pappgehäuse, aber ich sehe ihn. Anders könnte ich seine Gewalt nicht aushalten. In diesem Karton sitze ich sonst, wenn ich Radio spiele und durch die Löcher Nachrichten spreche.

Heute dagegen hat man mich nicht nur beleidigt, man hat mich geschlagen. Im Dunkeln, für mich allein, weiß ich nicht, ob es zu Recht oder zu Unrecht geschehen ist. Der ganze Vorfall liegt mit mir im Dämmern. Ich müßte in Wirklichkeit unschuldig sein, fühle aber ein Schlingern, eine Unklarheit, allerdings erst, nachdem man mich angeklagt und bestraft hat und bevor ich mich verteidigen konnte. Etwas, es muß in mir drinnen sein, stimmt ihrer Lügenbehauptung zu. Man hat mich des Diebstahls schuldig gemacht, ja, schuldig gemacht. Ich habe, heißt es, einen roten Seidenschal mit Goldfäden gestohlen.

Ein luftiger, ganz leichter Schal, den man für eine Sekunde hochpusten konnte, der mir sehr gut gefiel, jedoch nicht gehörte. Er wölbte sich über der geblasenen Luft zu kleinen Kuppeln und sank dann schnell in sich zusammen. Aber bevor er auf dem Boden landete, trieb man ihn wieder nach oben, wo er wogte, solange unsere Kraft, die der dosenrunden Doris und meine eigene, reichte.

Eines wußte ich genau: Wenn der Schal zu Boden glitt, gehörte er wieder vollständig dem Nachbarsmädchen, und nur im Schweben und Sich-Blähen, bei dem Doris dickliche Schreie ausstieß, war er zur Hälfte meiner. Dann eigentlich sogar hundertprozentig, denn es ist meine Idee gewesen, ihn in die Luft zu werfen und mit dem Atem zu verformen, statt ihn albern um die Schultern zu wickeln. Zum Schluß aber wurde ich mit einem Kochlöffel verhauen, wurde von der, die mich nie schlug, die nur ihre grünen Augen aufriß, daß man fast daran verglühte, mit einem Kochlöffel geschlagen, bis er zersprang.

Sie, meine Mutter, spricht und hat das enge graue Kleid an, mein Lieblingskleid, das mit den ›taubenblauen Applikationen‹, die aber nichts mit Äpfeln zu tun haben. Es sind Blütenfinger, die ihr von hinten über Schultern und Hüften greifen. In der Dunkelheit entgeht mir kein Wort. Sie erzählt es anderen, ich weiß, wer, um alles zu verschlimmern, ausgerechnet auch dabei ist, in unserer großen Küche, wo sie immer sitzen, ob Besuch da ist oder nicht, weil sie es dort am gemütlichsten finden, erst recht, wenn man mich ins Bett gesteckt hat.

Außer dem Schriftsteller sind noch Verwandte da, deren winzigkleiner Sohn vor kurzem so plötzlich gestorben ist, keiner weiß warum. Aber sie haben ja noch drei weitere, wenn auch nur Mädchen. Jemand schluchzt jetzt laut. Das sind bestimmt die Eltern des Säuglings. Nein, der Schriftsteller ruft: »Gesundheit!« Dann war es wohl doch nur ein Niesen.

»Sie haben ihr Tanderei mit so einem billigen orientalischen Schal getrieben, den ganzen Nachmittag. Schließlich trollte sich diese Freundin von nebenan, ein wunderliches Geschöpf, rund in allen Einzelteilen und dazu noch, als hätten die Eltern es von vornherein gewußt, eine Doris! Nach ihrem Abendessen fand ich das Tuch der Kleinen in einer Sofaecke. Natürlich habe ich Rita sofort nach drüben geschickt, und das Schlitzohr war schnell, blitzschnell zurück!« Meine Mutter erzählt es den anderen, sie essen dabei Schnitzel, panierte Schweineschnitzel, das weiß ich.

»Kurz darauf steht die Mutter mit dieser Doris genauso kugelrund wie die Tochter vor der Tür und will den Schal haben. Stellt euch meine Verlegenheit vor! In diesen Mietshäusern heißt es gleich: Die stiehlt! Ich habe also tatsächlich den Holzlöffel, noch naß vom Abwaschen, genommen und meiner Rita zwei, drei Schläge theatralisch auf den kleinen Hintern verpaßt. Die Nachbarin sah, daß es bei uns ordentlich zugeht und schritt sehr wichtig, sehr ehrbar davon. Sie kriegt den Schal morgen wieder, in Gottes Namen, ja! Dabei weiß ich bis jetzt nicht, wo das Kind ihn hat. Es flunkert mir irgendwas Dubioses vor.«

Auch der Schriftsteller, dem vielleicht der Karton mit den beiden Löchern fehlt, wird mich jetzt für eine Diebin halten.

»Der morsche Löffel ist gleich zersprungen, aber das Mädchen hat bis jetzt nicht das Versteck verraten. Hoffentlich geht das kleine Biest nebenan im Dunkeln in sich.«

»Nicht geständig!« sagt der Schriftsteller und lacht merkwürdigerweise dazu.

Aber war es denn nicht so, daß ich den Schal nur nicht in das schwarze Haus hoch tragen wollte, mit den Treppenhauskehren, wo aus der Finsternis Wesen kommen? Habe ich ihn nicht unten im Korridor in eine Ecke gedrückt, um ihn loszusein und bin dann nach Hause gerannt, weg von den Ungeheuern? Habe ich geträumt, daß es so gewesen ist? Ich bin ein Biest, sagt sie.

Jetzt spricht die Mutter des toten Söhnchens, trotz ihres Schnupfens, oder was es nun mal ist. Alle anderen sind vollkommen still währenddessen, so still wie noch keinmal an diesem Abend. Eine Frau von zweiundzwanzig Jahren, erzählt sie, soll ihre kleine Stieftochter umgebracht haben, nur, weil sie einen Pudding nachsüßen wollte, als die Frau aus der Küche gegangen war, die junge Frau, nicht die echte Mutter. Die leibliche, sagte die Verwandte, die leibliche hatte der Mann verstoßen. Die neue Frau hat das Kindchen gezwungen, den gesamten Pudding aufzuessen. Daran ist es gestorben, denn es hatte sich vertan, hatte statt Zucker Salz genommen, an dem versalzenen Pudding ist es gestorben. »Wie lange, mein Gott, wie lange muß es gedauert haben, bis das arme Geschöpfchen das Zeug unter den Augen der Stiefmutter runtergewürgt hat!« ruft die Verwandte. Sie niest und schluchzt. Die tiefe Stimme wünscht ihr jetzt keine »Gesundheit!«. Die Stiefmutter aber behauptet, es sei der Vater des Kindes gewesen, der den Pudding heimlich mit dreißig Gramm Salz vergiftet habe. »Was für ein Paar!« schluchzt die Tante, »was für Bestien, die ihre schuldlosen, unverdient geschenkten Kinder auf solche Weise bestrafen.«

Was sie alle nicht wissen: Ich kenne die beiden! Ich habe sie im Warenhaus kürzlich gesehen. Es kann kein anderes Paar gewesen sein als dieses eine verbrecherische. Wie ist es bloß dazu gekommen, daß ich mich dort herumtrieb und dann neben ihnen an der Kasse für die Unterwäsche stand und anstarrte, was die Verkäuferin für sie einpackte? Nacheinander hielt sie, ich sah ja nichts anderes, Wunderschönes, einen Büstenhalter, ein Höschen und ein Hemd zum Zeigen und Zusammenfalten hoch, so leicht, daß es sich im Lufthauch bewegte, mit goldenen Sternchen und geschlängelten Linien geschmückt. Sie lächelte dazu, sie lächelte die einzelnen Teile an, die durchsichtig wie rote Spinnennetze waren. Immer stärker lächelte sie, während sie die Wäsche prüfte, als wäre sie ihr gerade geschenkt worden. Sie hätte so gut zu ihr gepaßt. Dann reichte sie das Päckchen dem Paar und wünschte: »Viel Freude daran!« Ich entdeckte die beiden erst jetzt. Sie beugten sich vor mit ihren widerlichen, groben Fleischgesichtern, griffen mürrisch danach und wandten sich ohne ein Wort ab. »Was geht die blöde Gans unsere Freude an«, sagte der Mann. »Die Sau«, sagte die Frau.

Diese beiden Bösen also sind der Vater und die Stiefmutter, natürlich, so muß es sein! Jetzt ist es klar. Damals begriff ich noch nicht, daß die Erwachsenen so schlecht sein können, nur deshalb habe ich sie durch die Abteilungen verfolgt. Sie machten immer dieselben wüsten Mienen, sie standen vor den breiten Ehebetten, auf die man gefleckte Decken geworfen hatte, setzten sich darauf und wippten, verzogen aber nicht die Gesichter dabei. Sie rochen an den Sprühflaschen in der Parfümerieecke ohne Freundlichkeit, ich blieb ihnen auf den Fersen. Oben, bei den teuren Eßsachen, wo wir, in unserer Familie, noch niemals etwas gekauft, immer nur angesehen haben, suchten sie mit finsteren Gesichtern Wein aus. Wohin als nächstes? Ich konnte mich aus eigener Kraft nicht von ihnen trennen. Da hatten sie mich aber bemerkt und verjagten mich, ich glaube, der Mann wollte mir mit der Flasche auf den

Kopf schlagen. Ich wußte, daß ich es in meiner Neugier nicht anders verdient hatte. Wer paßte in der Zeit wohl auf das kleine, dann später ja mit Salz vergiftete Kind auf, von dem ich damals noch nichts ahnte? Die »leibliche Mutter«? Die Verdorbenheit der beiden, die zur Hälfte echte Eltern und nun Mörder waren, die aber hatte ich sofort erkannt.

Es läutet. Jetzt noch? Meine eigene Mutter wundert sich laut und geht zur Tür. Der Vater des gestorbenen Säuglings sagt: »Das Schnitzel war gut.« »Na ja«, sagt seine Frau, die Tante. Oder es war wieder nur ein Niesen von ihr.

»So was«, ruft da meine Mutter. Sie ist zurück aus der Diele und macht die Küchentür zu. »Da bin ich aber erleichtert!« Wo ist eigentlich mein Vater? Er hätte mit seinem eigenen Schlüssel aufgeschlossen, er kann es nicht gewesen sein. Manche Väter sind Fernfahrer oder Kapitän, die sind dann immer wieder lange weg, so wie er. Wer war draußen? »Die Mutter dieser Doris! Rita hat die Wahrheit gesagt. Nicht gelogen, nicht gestohlen, ist eben doch aus gutem Nest«, sagt sie. »Das Kind hat den verdammten Fetzen tatsächlich unten im Nachbarhaus im Flur auf einen Pfosten gelegt. Vermutlich aus Angst vor der Nacht. Die haben noch keine Glühbirnen installiert, oder die Kleine reicht nicht bis an den Schalter.«

»Du aber hast ihr gegen alle Grundsätze das unschuldige Ärschchen versohlt«, sagt der Mann mit der tiefen Stimme, mein Freund, den ich nicht von Angesicht zu Angesicht ertrage, weil er zu schön ist. Bei seinem Satz fange ich in meinem dunklen Bett am ganzen Körper an zu zittern. »Ärschchen«? »Freispruch«, lacht meine Mutter, »ich werde es dem Unschuldslämmchen morgen wieder gutmachen.«

Was sie alle nicht wissen: Einen Tag bevor der Säugling der Verwandten ohne Krankheit starb, habe ich einen Augenblick allein an seinem Bettchen gestanden. Es war noch gar kein fertiger Mensch, man tat nur so. Am schlimmsten der Kopf: vom vielen Schreien aus dem zahnlosen Mund heraus wie häßlich, wie feuerrot.

Plötzlich habe ich ihm befohlen: »Kröte, geh tot!«

Die kleinen Hunde an ihren Leinen

Noch immer, als wäre nichts passiert, als wäre heute in Wirklichkeit vorgestern und viel weiter zurück, sieht man die angeleinten Hunde der älteren Frauen zwischen Krokussen an den Straßenrändern ihre anders gefärbten Häufchen absondern und einfach dazugruppieren. Die Frauen stehen daneben, sprechen auf die endlich erschienenen Blumenwitzbolde ein, entschuldigen sich und ruckeln ab und zu an der Leine, um irgendwie den Schein guter Sitte aufrechtzuerhalten. Es gehört seit Jahrhunderten unbedingt dazu, dieses Ruckeln, wie früher die Straßenbahnschaffner es mit der Leine über ihrem Kopf machten, um zu klingeln. Danach gehen sie schrittchenweise, beige Zylinder mit leicht gesenktem grauweißem Kopf, weiter voran, der kleine Seelentröster vornewegziehend oder hinterhergezogen.

Man muß die großen täglichen Gefahren bedenken, die sie abwehren.

Noch immer stelle ich mir diese Frauen zu gern in ihren lieben kleinen Wohnungen vor, ja, richtig, lieben kleinen vier Wänden vor. Trotz einer körperlichen Behäbigkeit über den Trippelschritten sind es Spielzeugfiguren, die Frauen mit ihren schrägen Leinen und den Hündchen daran, die eben aus diesen adretten Stuben getreten sind und gleich in ihre aufgeräumten Küchen zurückkehren werden, um in pünktlicher Bedachtsamkeit den Lauf der Welt in ihrem stillen Tagelauf mit sanfter, strenger Hand zurechtzuweisen. Sie verändern sich ja nicht, nicht sie, nicht ihre Hündchen, nicht die

Krokusse. Es gibt sie wohl für immer und immer schon.

Durch Frau Hollein weiß ich, wie lange es dauert, bis sie so aussehen, wie wir sie draußen kennen. Frau Hollein werde ich nie vergessen, denn sie war es, die zu mir gesagt hat, als sich zeigte, daß ich keine gerade Nase bekommen würde, sondern eine ›Papstnase‹: »Die interessanten Frauen sind nicht die schönen. Die interessanten sind die, die schön sein wollen!« Aus ihrem Mund, in der Behaglichkeit ihrer beigen Wollkissen, klang dieses »interessant« so, als hätte sie mir einen Fingerhut Sekt eingeschenkt. Ihr Hund begann bei dem Wort zu bellen.

Ich war damals noch so klein, daß sie sich ohne Bedenken vor mir aus- und anzog, die stämmige, nicht mehr sehr bewegliche Frau Hollein. Ihr Mann war Straßenbahnschaffner gewesen. Ich durfte auf ihrem Sofa zusehen, wie sie in einer Schüssel ihre geschwollenen Füße badete, damit sie in die hellbraunen Schuhe paßten. Sie schnaufte ein bißchen, wenn sie die Strümpfe über die Beine rollte. Das ging nicht so schnell, wie man dachte. Bei den Knien mußte sie eine Pause machen, auf jeder Seite. Nur wenn sich herausstellte, daß am Ende doch eine Laufmasche im Strumpf war, stampfte sie zornig auf, aber bloß einmal. Sie hatte wohl die ganze Zeit während des Anziehens Furcht vor diesem Unglück, denn niemals, auf keinen Fall könnte sie dann damit auf die Straße, und alles finge noch einmal von vorn an.

Manchmal mußte sie auch nach dem Baden der Füße erst die einzelnen Zehen mit Pflastern umwickeln, damit sie die Schmerzen der drückenden Schuhe draußen ertrug. Was mich am meisten fesselte, war das Korsett, das, viel zu eng und hart für ihren ausufernden Leib, doch die richtigen Maße hatte. Sie mußte die Übereinstimmung erzwingen, ohne daß sie oder ihr Korsett dabei zu Bruch ging. Ich ächzte auf meinem Sofa vor Erregung mit, denn es kam darauf an, das Fleisch, das man nicht wegzaubern konnte, an eine andere Stelle zu transportieren, wo es dann unbequem, jedoch nicht vermeidbar, hervorquoll. Jedes Mal schien es fraglich zu sein, ob die Verformung diesmal gelingen würde, während Hubert, der Hund, schon an ihren Beinen hochsprang in Vorfreude. Er erkannte die Zeichen. Das Korsett war für ihn so verbindlich wie das Zeigen der Leine. Zum Schluß mußte noch geschnürt und festgehakt werden, selbst da konnte noch etwas schiefgehen, wenn nämlich eine Öse abriß wegen des zu starken Drucks, den Frau Holleins zu zügelnder Körper ihr zumutete.

»Ich ginge lieber in die Kirche«, sagte sie oft, gerade wenn sie in dem Korsett, wo oben und unten die Wülste waren, vor mir stand, »in die Kirche, mein Gott, als mit den anderen Weibern zu reden. Sie quatschen vom Alter. Hm. Pfui Teufel. Verstehst du noch nicht. Furchtbar, furchtbar! In der Kirche, auch wenn ich nicht dran glaube, hört man die schöne, alte Sprache, alt, aber sie redet nicht vom Alter. Sie spricht Latein. Wenn Hubert nur mitkönnte.«

Weil sie genau wußte, wie gern ich es hatte, holte sie ab und zu, noch ohne Kleid, aus einer Kommodenschublade Wäsche von früher. »Champagner«, »Aprikose«, »Cognac«, murmelte sie dazu und meinte die Farben. Unglaublich, daß Frau Hollein diese luftigen

Hemden und Höschen einmal gepaßt hatten. Sie schmunzelte gutmütig über meine Zweifel und hielt sich beides vor den gepanzerten Bauch. Auch sie selbst schien es ja kaum noch fassen zu können: »Aus vergangenen Tagen!«

Einmal sagte sie bei dieser Gelegenheit, als der Hund Hubert gerade ungeduldig seine Leine anschleppte: »Wenn ich ihn frei laufen ließe, könnte ich ihn gar nicht mehr einfangen.« Daraufhin lachte sie so sehr, daß ihr die Tränen kamen und sie sich in einen der beigen Wollsessel setzen mußte, um zur Ruhe zu kommen. »Ach, du kleine Motte«, sagte sie schließlich zu mir, »das begreifst du wirklich noch nicht. Das hat für mich mit früher, viel früher zu tun, und für dich mit später, sehr viel später, Kleines.«

Wie immer bekam ich Angst, wenn ich etwas, das deutlich im Raum stand, nicht verstehen konnte. Sie sah es mir wohl an und sagte deshalb freundlich ausgleichend: »Man fühlte früher so viel! Dir will ich verraten: Das tut man jetzt auch noch, viel mehr als die jüngeren Dummköpfe meinen, nur sagt man es besser nicht.«

Da hörte ich irgend etwas in ihrer Stimme, das mich ermutigte, aufs Geratewohl zu fragen: »Frau Hollein, was ist eigentlich die Liebe?«

Sie sah mich verdutzt an, setzt wieder zu dem heftigen Gelächter an, die oberen Hälften der riesigen Brüste, die das Korsett aus sich herausstieß, begannen schon zu vibrieren, dann, als wäre ein Einfall, ein Gedanke oder Bild unerwartet vor ihr aufgetaucht, hielt sie inne und lächelte nicht einmal mehr. Zweifelte sie plötzlich an meiner Kleinheit und machte sich

Vorwürfe? Wir saßen still nebeneinander bei den Kissen.

»Ich muß mich erinnern«, sagte sie schließlich vorsichtig. Hubert hatte die Hoffnung aufgegeben und legte das Kinn auf ihren Schuh. »Ich muß mich tatsächlich erinnern, was die Liebe ist«, sagte sie. Ich traute ihr aber nicht, vermutlich überlegte sie, was sie mir schon verraten durfte. Hätte ich sie nur auf der Straße gesehen, wäre ich nie auf den Gedanken gekommen, sie nach der Liebe zu fragen. Die wunderschöne Wäsche hatte mich darauf gebracht, ganz von selbst, es schien eine Verbindung zu geben. Noch immer saßen wir still nebeneinander. Ich fühlte mich damals äußerst wohl zwischen den beigen Wollkissen. Auf ihrem Sofa war es beinahe so, als würde sie einen fest in den Arm nehmen. Vielleicht bereute Frau Hollein, daß sie mir die Höschen gezeigt hatte, weil ihr bewußt wurde, daß ich nicht mehr so dumm war, wie sie dachte, und daß sie sich lächerlich gemacht hätte und ich es womöglich anderen erzählen würde.

Sie sagte aber statt dessen nach einer Weile: »Es ist das wichtigste Gefühl, mein Möttchen.« Sie bemerkte meine Unzufriedenheit mit ihrer Antwort. Die Liebe mußte doch etwas sein, was diesen Hemdchen und Höschen näherkam! »Man hat das Gefühl nur, wenn ein bestimmter Mensch in der Nähe ist, ein Gefühl wie beim Frühling, wenn die ersten Schneeglöckchen kommen und dann die Butterblumen«, versuchte sie es noch einmal. Ich verzog das Gesicht. Sie gab mir, wie meine Mutter es machte, eine kleine Kopfnuß und fuhr dann aber fort: »Die ganze Welt verändert sich, das ist es, Kleines, die Welt verändert sich!« »Zum Guten?«

»Ja sicher, zum Guten, zum Allerbesten hin. Man singt immer. Noch erstaunlicher: Alles um einen herum macht Musik, selbst die Küchengeräte.« »Und Ihre schöne Wäsche von damals?« wagte ich nun zu fragen, weil sie unsicher wirkte, die große Frau. Da gab sie mir noch eine Kopfnuß, diesmal so, als wäre sie wirklich ärgerlich auf mich. Sie schleuderte Hubert von ihrem Fuß vor Ungeduld. »Wenn dieser andere Mensch nicht da ist, dieser Affe, hört auch die Welt auf, gut zu sein. Dann kann man wenigstens die dämliche Wäsche anziehen, zumindest ansehen, zum Trost«, fügte sie, nun schon zornig, hinzu. Zornig bestimmt deshalb, weil es eine Ausrede war.

Nicht schlimm, ich wußte ja, daß Hubert und ich sie schon wieder zum Lachen bringen würden.

Viel später sagte eine Person, die auf der Straße ganz so beige und zylinderhaft wie Frau Hollein mit ihrem Hündchen ging (aber ich war diesmal längst erwachsen, und sie gestand es auch nicht mir, sondern ich hörte dann in einem Café, wie sie es einer Freundin sagte, auch die eine Erscheinung wie Frau Hollein und sie selbst): »Ob du es glaubst oder nicht. Da saß der todkranke Mann in seinem Sessel, und ich habe ihn unbarmherzig angeglüht und hätte ihn am liebsten auf den Teppich gezerrt. Er wollte Frieden, ich noch immer nicht. Es war stärker als jedes Mitleid, dabei starb er schon beinahe.«

Frau Hollein fuhr auf einmal hoch, Hubert jauchzte, sie jauchzte mit: »Rita, mein Schätzchen, noch schnell jetzt in die Küche mit uns. Heute bin ich ganz durcheinander vor Freude. Eben gekommen, sieh es dir an, seit Wochen warte ich und träume davon. Ein

Wunderding. Das schneidet und schabt«, sie entdeckte, daß sie noch immer ein Champagnerhemdchen in der Hand hielt und warf es zwischen die Kissen, »und schnitzelt dir, was du nur willst, alles kurz und klein.«

Nachthemden

Damals hieß es plötzlich, aber ohne große Überraschung oder auch Schmerzensäußerungen, Frau Stolpmann sei gestorben. Sie war ja schon achtzig Jahre alt. Man sagte, wenn man von ihr sprach: »Wie adrett doch Frau Stolpmann noch ist! Wie sie auf sich hält!« Denn sie lebte ganz allein in ihrer kleinen Wohnung mit Balkon. Die Frauen erinnerten sich jetzt an ihr rundes, zartes Gesicht. So war es unverändert gewesen, als man sie die letzten Male gesehen hatte. Jemand sagte, sie habe eine Maiglöckchenstimme gehabt. Ich stellte mir ihr Sprechen daher als ein Läuten oder Klingeln vor, das durch ihren Mund aus dem großen zarten, bestimmt rosigen Gesicht herausbimmelte. Ich hatte sie nie kennengelernt. Es wurde nur gut von ihr gesprochen, sie mußte also eine gute Frau gewesen sein, wenn auch »empfindlich, ach Gott, so empfindlich!«

Schon lange war sie Witwe. Die einzige Tochter, die zu Stolz und dauerndem Schrecken der Mutter Stewardeß geworden war, so erzählte man jetzt, war vor vielen Jahren über den Vereinigten Staaten von Amerika tödlich abgestürzt. Daraufhin lebte die gute Frau Stolpmann, deren Gesicht ich mir ausmalte als ein großes, gewölbtes Rosenblatt, eben ganz allein, immer allein, von den lose Bekannten abgesehen. Man sagte es mit gedämpfter Stimme, als wäre das eine unheilbare Krankheit, schon damals fast ein Todesfall gewesen. Wie bescheiden sie die Tage verbrachte in ihren vier Wänden! Da waren sich die ehemaligen flüchtigen Freundinnen einig in der Erinnerung.

Aber auch als sie, gebeten von einer entfernten Verwandten, die nur rasch zur Beerdigung kommen konnte, Frau Stolpmanns Wohnung besichtigten, um kleine Möbelstücke oder Kleidung an sich zu nehmen, sagten sie es wieder: »Wie reinlich, wie bescheiden!« Dann versammelten sie sich auf einmal vor einem eingebauten Schrank, und man hörte sie laut lachen und immer wieder ungläubig »Nein, nein!« schreien. Alle fünf Frauen, alle riefen so, es klang fröhlich, als wäre Frau Stolpmann durchaus nicht verstorben und hätte sich bloß aus Spaß im Schrank versteckt.

Sie war aber doch tot, nur fand man hier eine lange Reihe, einen ganzen Schrank voller Nachthemden, die schneeweiß und cremefarben, rosa und lindgrün auf Bügeln hingen, alle noch nie benutzt, gekauft und sofort geschont, daher ein bißchen starr und wie zum Verkauf im Geschäft angeboten, mit den Falten, die unschuldige Wäsche hat, wenn man sie aus der Verpackung nimmt. Sie hingen da, still lächelnd und rätselhaft wie Brautkleider, ohne Erklärung.

Die Kleidergröße all dieser Frauen war in etwa dieselbe. »Für uns«, riefen sie, »bestimmt in Wirklichkeit extra für uns angeschafft!« und: »Die hat sie sich allenfalls sonntags angehalten, damit nichts drankommt! Nein, so etwas!« Sie standen vor der hellen Reihe, die in einem leichten Lavendelwind zu schwanken, in leisem Triumph zu winken schien, wenn jemand sie nur ganz sacht berührte, angeblich für Frau Stolpmanns Körper gedacht und doch nie von ihm gefüllt, verformt und gefühlt.

Plötzlich muß ihnen dann ein anderer Gedanke gekommen sein.

Sie sagten ja gar nichts mehr und hatten sich stumm beieinander eingehakt! Nur manchmal wiederholte eine flüsternd: »Für uns, von vornherein nur für uns gekauft.« Die Nachthemden rührten sich sanft, ganz verschwiegen. Ich glaube, die Frauen klammerten sich heimlich aneinander, alle, sogar Frau Petz mit den vielen Kindern oben.

Tante Fritzchen in Weiß

Für mich ist die Farbe des Verrats ein schreiendes Weiß.

Fast träumerisch hebt und senkt sich vor meinem Dachstubenfenster seit Stunden ein stählerner Giraffenhals. Er beginnt am unteren Scheibenrand, durchquert das Glas diagonal, und wenn er es links oben wieder verläßt, ist er noch nicht zu Ende. Vorgestern stieg dort, wo der Kranführer sitzen muß, eine schwarze Gewitterwand hoch und, etwas weiter südlich, hat ein Tornado als Folgeerscheinung zwei seiner Kollegen in den Tod gerissen. Dieser hier wird daran denken.

Das Heben und Senken des Baukrans vollzieht sich an geistesabwesend stillstehenden, leicht bebenden Regentropfen vorbei, manchmal sinkt einer von ihnen an den anderen entlang, auch der Kran steht lange, tief in Gedanken, still wie sie. Der Himmel hinter allem ist weiß, aber es sind die Wassertropfen an den Scheiben, die zu meiner Tante Fritzchen gehören, die es schon immer gegeben hatte. Sie weinte ja hinter ihrer dicken Brille so oft, sagte mir aber nicht, weshalb. Es war ihr Wesen, zu dem das Brillenglas und die Tränen gehörten und auch die grünen Pullover, die grünen Blusen, das Aprilgrün, die Aprilwitterung. Aber immer, darauf war tagaus tagein Verlaß, war für mich eine freundliche Sonne reserviert, ein hingebungsvolles Scheinen, vielleicht variiert durch einen Regenbogen, wenn der geheime Kummer gerade zu groß geworden war, jedoch schon lächelte sie wieder, lächelte mich an, daß mir das Herz lachte, obwohl sie selbst keine Schönheit war, nein das nicht, um so mehr liebte sie uns Kinder. Die dicken Gläser mit den Tränen dahinter waren uns ein teures Zeichen, der Garant ihrer Zuneigung. Wir wußten es nicht, wir fühlten es, fühlten es unverbrüchlich. Nichts ließ sich vergleichen mit ihrem Eiweißschlagen! Ein einziges Eiweiß konnte sie auf einem flachen Teller mit einer Gabel zu einem kleinen Berg auftürmen, zu Zipfeln von strahlendem Weiß.

Sehr selten kommt es vor, daß der Kran in einer gewagten Kreisbewegung auf mein Fenster zuschwenkt, genau in der Höhe meines Kopfes ist ein großer eiserner Haken befestigt. Den Kranführer scheint dann ein Übermut zu erfassen, ein Übermut in der Regenflut oder ein Mut der Verzweiflung, so schleudert er, trotz der kürzlichen Tornadounfälle, sein Betonelement dicht über die noch kahlen Obstbäume hinweg an den Scheiben, hinter denen ich mich befinde, entlang. Er scheint dann mit den Lasten zwischen den Baumkronen ratlos herumzuirren und nicht zu wissen, wo er sie loswerden soll.

Man konnte es auch damals beobachten, als neben dem Mietshaus, in dem wir wohnten, der alte Gemüsegarten zu Gunsten einer Baustelle verwüstet wurde. Der Kranführer war ein ausgelassener, muskulöser Mann. Unsere Tante Fritzchen putzte zu jener Zeit häufig die Scheiben. Es war etwas Besonderes daran, nicht nur an der Häufigkeit, auch an ihrem Oberkörper, wenn sie es tat. Ich brauchte eine Weile, um die Art der Veränderung, und ich vermerkte es mit Wachsamkeit und Mißtrauen, zu lokalisieren.

Es handelte sich um einen Zuwachs, ein Vorwölben, wo vorher praktisch nichts gewesen war. Sie reckte sich plötzlich und streckte sich in einer Weise, die ich hinter ihrem Rücken nachzuahmen versuchte, allerdings ohne Erfolg, es buckelte sich nichts vor. Bei ihr aber drückten sich die Brüste, die mir vorher gar nicht aufgefallen waren, viel weniger als die beiden Brillengläser beispielsweise, so sehr nach vorn, daß man immer hinsehen mußte wegen der Neuigkeit dieser beiden Hügel, die solche Aufmerksamkeit auch herrisch verlangten. Auch der Kranführer, wenn er zum Plaudern und leider auch zum heimlichen Flüstern aus seinem Himmel herabgestiegen war, lachte sie an.

Ihm gefielen sie, uns nicht.

Es dauerte dann nicht mehr lange, bis wir feststellten, wie diese Auswüchse, nicht an ihr, an anderen Frauen und Tanten dagegen wohlbekannt, nicht nur entstanden, wenn sie Fenster putzte und sich dabei nach hinten lehnte, um den Glanz zu prüfen. Sie waren auf einmal immer da, ob sie las, Klavier spielte, ob sie für uns Waffeln buk oder in ihr Büro lief. Sogar noch spitzer vorragend und viel höher waren sie geworden. »Typisch Büstenhalter! Eine Frechheit!« sagte mein Bruder. Tante Fritzchen sah uns über diese starren tütenartigen Hervorbringungen unter den grünen Pullovern und grünen Blusen etwas ängstlich an, bis sie uns lieber gar nicht mehr richtig ansah.

Jaja, in den Märchen und Filmen ist es beliebt, eine Figur zu zeigen, die man für jung hält, dann wendet sie sich um oder hebt den Schleier, und man nimmt zu seinem Entsetzen auf einen Schlag, noch mit der Erwartung des Glatten, ihr runzliges Alter wahr wie etwas Abscheuliches, wie einen Fluch und eine Strafe Gottes.

Das waren böse Überraschungen, die jeder kannte.

Hier aber, bei unserer Tante Fritzchen, passierte das Umgekehrte, und es empörte uns. Sie enthüllte in unverschämter, nicht erlaubter Offensichtlichkeit, daß sie gar nicht alt, sondern eine junge Frau war! Unsere Blicke müssen ihr sehr lästig gewesen sein, denn wir konnten sie gar nicht mehr wenden von diesen steifen, nicht im geringsten mütterlichen Brüsten, die sie dem Kranführer unter dem üblichen Grün zeigte, damit sie ihm in die Augen stachen, unterm Grün, zu dem neuerdings die Tränen fehlten, nur die dicke Brille blieb.

Dann hatte sie plötzlich an ihrem freien Mittwochnachmittag, an dem sie uns gehörte mit Haut und Haar, einen schneeweißen Angorapullover an, der wie das Bauchstück eines Katzenfellchens die offenbar noch etwas spitzeren Brüste umschmeichelte. Ihre obere Hälfte sah aus wie im Jahr davor ein wilder Kirschbaum am Bahndamm in voller Blüte, auf dessen Früchte man allerdings pfeifen konnte. Die wurden von den Drosseln geholt. Wenn man ihr alles verzieh, das Weiß war die Treulosigkeit schlechthin. Sie sagte sich von allem los, von unserer eingeschworenen Vergangenheit und allem.

Wir spionierten durch das Schlüsselloch, wie der Kranführer durchs ebenerdige Fenster zu unserer ehemaligen Tante Fritzchen stieg, und während er ihr von der Seite auf die doppelten Wölbungen glotzte (er habe »Donnerwetter!« gesagt, behauptete mein Bruder) und sie sich etwas wegdrehte, griff er, schnell um ihren Nacken herum, von hinten ihren Kopf und zwang ihn, denn sie schien damit nicht gerechnet zu haben und wehrte sich in einem kleinen Gegendruck, mit der Gewalt seiner schönen, starken, schmutzigen Hände in eine Haltung, die ihm ermöglichte, ohne Umstände ihren Mund zu küssen. Man muß gerecht sein: Es gab keine Chance für sie, nachdem sie es so weit hatte kommen lassen!

Ein Geräusch trieb uns in die Flucht. Ich rannte vor Erbitterung dreimal um den Häuserblock. Mein Bruder dachte schon an anderes. Das war mir nicht möglich, das war unvorstellbar für mich, die Sorglosigkeit von Alex machte Tante Fritzchens Vergehen zum Doppelverrat. Sie ahnte nicht, daß ihr Fehltritt Zeugen hatte. Ihr ging es gut. Sie war ja mit dem Mann jetzt allein. Und wie ging es mir?

Ich stellte mich schließlich in einen Türwinkel und probierte die Geste des Mannes an mir selbst aus, griff, da es um den Nacken herum nicht gelang, von unten an den Knochen, der vom Kinn zu den Ohren führt, drückte die Finger tief ins Fleisch und drehte meinen Kopf, der so tat, als wollte er nicht, von rechts nach links. Ich weiß nicht, wie oft.

Das Schlimmste stand Tante Fritzchen da noch bevor. Als er weg war und alles wieder wie sonst sein sollte, da trug sie, als sie mich rief, und ahnte auch das nicht, das Wappen des Verrats an sich, nämlich auf den beiden nach vorn schießenden, weißpelzigen Brüsten die schwarzen Spuren der Kranführerhände, schwarz nicht gerade, aber dunkle Verunreinigungen, die, wäre sie beim treuen Grün geblieben, niemandem aufgefallen wären. Und das auf dem vorher noch kein Mal angezogenen Pullover! Schon sah ich, als sie es bemerkte, ihre Tränen fließen, wie in den Tagen später erst recht hinter den dicken Gläsern, wie hier an meinen Scheiben vor dem Baukran die Regentropfen, denn er war nun hin für alle Zeit, und die Brüste verschwanden wieder wie der Kranführer auch.

Gewaschen hat sie den Pullover nie und nie mehr getragen. Zwei Jahre später starb sie schon, und man fand ihn, vorne mit den Flecken, unverändert in einer Schachtel hinter ihren Büchern unter Seidenpapier.

Susanna im Bade

Zu dieser Zeit hielt sich ein Freund meines Bruders häufig in unserer Wohnung auf. Vermutlich wartete vor allem ich am Nachmittag auf sein Eintreffen, auf seine Kunst, die Haare nach hinten zu werfen und auf seine Armbanduhr zu sehen. Auch wenn er wieder weg war, dachte ich daran. Niemand, den ich sonst kannte, machte das so gekonnt wie er.

Ich war so jung, daß ich mir wünschte, eine alte Frau zu sein.

Ein Dasein als ewig andauernder, unveränderlicher Seinszustand, in dem man auf einer blauen Bank säße, eine gestreifte Katze auf dem Schoß, dazu in einem Buch läse, groß, wie das auf dem Altar in der Kirche mit roten und goldenen Lesebändchen, wo jedes Umwenden ein gewichtiger Akt war. Und dann spräche man wieder mit den wilden, zutraulich gewordenen Vögeln.

Zu dieser Jahreszeit ging die Sonne schon früh unter. Oft merkten wir gar nicht, daß es dämmerte, aber dann wurde uns bewußt, wie gut man vom Fenster aus im dunklen Zimmer in die gegenüberliegenden Wohnungen sehen konnte. Ein Fenster interessierte uns mehr als alle anderen, obschon es immer, wenn es erleuchtet war, durch einen zugezogenen Vorhang jeden Einblick versperrte. Das war es ja gerade!

»Die Professorin badet wieder«, sagte der Freund meines Bruders, »da wird es jetzt eine ganze Stunde hell bleiben.« Er wußte Bescheid, denn sie wohnte über ihm. »Sie heißt insgesamt Frau Professor Doktor

Kröpf, Susanne«, sagte er, »wie ich höre, hat sie sogar noch einen weiteren Doktortitel. Eine Art Philosophin.« Wie? Philosophin?

»Ein völlig theoretischer Mensch«, hatte meine Mutter kritisch über sie bemerkt. Ich verstand nicht, was sie meinte, sie hatte es ja auch zu meinem Vater gesagt.

Wer als erster entdeckte, daß die Professorin in der Badewanne lag, war an dem Tag Sieger. Sieger über uns und über die Professorin, diese lange, dünne Frau, eine Bohnenstange mit einem kleinen Knoten hinten am kleinen Kopf und einer furchteinflößend funkelnden Brille, Professorin, die das warme Wasser liebte. Der Freund meines Bruders, von dem ich, um mich bei ihm einzuschmeicheln, stets behauptete, er habe als erster das helle Fenster gemeldet, auch wenn es nicht der Wahrheit entsprach, erzählte von ihr, was er in seiner Familie über sie erfuhr. Sie sei eine berühmte Frau, jedoch immer in Grau. Man solle sich aber nicht täuschen. An den Papierstapeln, die sie nach draußen stelle, zeige sich, daß sie verrückt nach Modezeitungen sei. Da sie aber schrecklich viel studieren müsse, um ihren Ruhm zu verdienen, liege es auf der Hand, daß sie sich in der Badewanne an diesen Zeitschriften für die dumme Frau schadlos halte. Türe abgeschlossen, Vorhang zugezogen!

Er sagte noch viel mehr über die nackte, nur mit der blitzenden Brille bekleidete Frau in ihrer Wanne, aber ich lauschte allein auf den Klang seiner Stimme. »Susanna im Bade!« kicherte er, und mein Bruder kicherte mit ihm, als wüßte er was. Ich konnte den Worten keinen Sinn entnehmen, wenn ich mich, ganz betäubt vom warmen Dämmern, in dem ich, wie in seiner

Rede, wohlig schwamm, durch sein Geflüster einfangen ließ. Denn wir sprachen extra leise am Fenster, weil wir uns als Spione empfanden. Seine Stimme machte mich eigentlich ein bißchen taub, ich hörte nicht, was er sagte, nur die Stimme selbst.

Aber es schadete ja nicht. Was hätte ich über die Professorin wissen und behalten müssen? Statt dessen entdeckte ich an mir eine bisher unbekannte Gabe. Während ich mit den beiden am Fenster stand, die raunende Stimme des Freundes um mich herum, schlich sich diese Fähigkeit, und erstaunte mich nicht, weil es so selbstverständlich geschah, bei mir ein: Ich war in der Lage, durch den Vorhang hindurchzusehen. Sofort begriff ich, daß ich kein Wort davon verraten durfte, um nicht auf der Stelle das Geschenk zu verlieren.

Ich sah die nackte, lange Philosophin als halb zusammengeklappten Zollstock, besonders bei den aus dem Wasser ragenden Knien, in der Wanne halb gestreckt, halb hockend, sah den mageren Körper jetzt rosig, ein bißchen sanft angeschwollen im aufsteigenden und umhüllenden Wohlgeruch, sah sie zwischen Flacons und blau leuchtenden Seifenschalen, alle auf dem Wannenrand aufgereiht. Ich hörte das leise Plätschern, ein Räuspern und verstohlenes Schnalzen, wenn sie sich beim Umblättern bewegte oder die beschlagene Brille an einem Tuch blankrieb.

An meiner Mutter konnte ich selten, aber manchmal doch, beobachten, wie eine erwachsene Frau ohne Wäsche aussah. Es passierte zufällig und war mir dann überhaupt nicht recht. Jetzt nutzte es mir aber, denn ich schätzte mit diesem Wissen das Spezielle ihres Körpers ein, der ein sehr langer Kinderkörper war unter den wie aus Zerstreutheit grau gewordenen Haaren. Sie hatte ein gerolltes Handtuch im Nacken und die Arme seitlich am Rand aufgestützt, dazwischen die aufgeschlagene Illustrierte, in der sie Abendkleider, schmelzendes Metall, über die Hüften lächelnder Frauen fließend, betrachtete, prunkvolle, phantastische Erscheinungen Seite um Seite, Frauen, schlank und groß geraten wie sie, aber doch ganz, ganz anders, auch sie vor kurzem alle dem Bad entstiegen. Man sah ihnen noch die Frische und das Aroma der Essenzen an, Rosen, Nelken und Iris, Gewürze, die in die geheimsten Winkel ihrer Gestalt reichen würden.

Wie wunderbar sich die Professorin fühlte, indem sie dort eine Stunde badete, angesichts dieser Herrlichkeiten im parfümierten Dunst und der dunkelherbstlichen Welt voller Matsch und sich ankündigender Kälte nichts enthüllte von ihrem Fest als das helle Fenster! Der Freund meines Bruders war schon gegangen, ich hatte es nicht bemerkt. Er war heimgekehrt in das Haus der Professorin, mit dem Badezimmer genau unter dem ihren. Dieser Umstand, nicht seine Stimme, betörte mich jetzt in Wirklichkeit an ihm, obschon ich die Frau leibhaftig nie gesehen hatte. Sie war mir immer nur beschrieben worden. Falls sie mir doch einmal begegnet war, hatte ich sie nicht erkannt.

Jahrzehnte später hörte ich sie im Radio. Tatsächlich, ich hörte ihren Namen. Sie selbst, mit schon brüchiger Stimme, sprach, hochbetagt, über das Alter: Wir würden uns, ohne es uns klarzumachen, Furchtlosigkeit, Empfindungslust und Abenteuerkraft gegenüber dem Unendlichen wünschen – und brauchten da nur zuzugreifen! Körperliche Beweglichkeit hätten wir früher besessen und uns gar nicht übermäßig daran gefreut, als wir darüber verfügten. Nur aus der gewöhnlichen Trägheit zögen wir das Unmögliche dem Möglichen vor und glaubten, es sei die entschwundene Jugend, die wir ersehnten. Auf dieser Verwechslung und Vergeßlichkeit gegenüber dem, was einmal unsere eigene Jugend gewesen sei, beruhe der seelische Schmerz des Alters.

Damals aber, in der Kindheit, am Fenster, wollte ich am liebsten eine Professorin sein, die jeden Tag, wenn es abendlich zu dämmern begann, in ihrer Wanne die Illustrierten mit all der Schönheit darinnen in geheimnisvoller, philosophisch genannter Tätigkeit in sich aufnahm. Niemand durfte uns stören. Niemand beobachtete uns. So verrann und verplätscherte uns in alle Ewigkeit die Zeit.

Bügeln 1

»Wir gehören zusammen, wie der Wind und das Meer, das Meer,« summte es in meinem Kopf zum Takt der Bügeleisenschwünge. Wer war der Wind? Wer das Meer? Egal. »Was mich immer gewundert hat«, sagte sie, meine Mutter, über die ich mit niemandem außer mit mir selbst sprechen will, nie mehr. Niemand außer mir hat das richtige Bild von ihr. Sie beugte sich über den Bügeltisch: »Was mich wundert, ist das Verhalten des Aladdin, als er die Prinzessin endlich, nach soviel Bangen, Mühen, Listen und Unwahrscheinlichkeiten, mein Gott, durch tolle, zum Teil ganz überflüssige Wunderwerke und ganze Geisterheere errungen hat.«

Sie zählte schnell zwischendurch das Geld im Portemonnaie ihrer Einkaufstasche. Nein, keine wunderbare Vermehrung, an die sie kurzfristig geglaubt hatte.

»Schon am Morgen nach der Hochzeit benimmt er sich wie ein Hofbeamter, wie ein Politiker oder hauptberuflicher Schwiegersohn. Kein Wort, keine Silbe mehr von Leidenschaft, Feuer und Lodern des Herzens. Keine Andeutung von dem vorher so glühenden Willen, eher zu sterben, als auf Prinzessin Badroulboudour zu verzichten. Badroulboudour? Alles vergessen. Selbst als er seine Frau aus den Fängen des afrikanischen Zauberers befreit, tut er es eher für deren trauernden Vater, den Sultan, um vor ihm gut dazustehen, als daß er selber von Sehnsucht verzehrt wäre.« Sie starrte mich mit grünen Augen an. »Wie erklärst du es dir? Mich hat es in deinem Alter ganz ratlos gemacht.«

Ich wußte keine Antwort, nickte bloß und beobachtete das Bügeleisen, wie es über die Hemden meines Vaters fuhr. Unzweifelhaft war nach Aladdins Hochzeit nur, daß sich Schreckliches zusammenbrauen würde.

»Es wird vornehm verschwiegen! Schehersad ist nicht so dumm, Aladdins Geheimnis ausgerechnet ihrem lebensgefährlichen Zuhörer zu verraten. Du aber, du sollst es wissen, kleine Nuß: Nachdem dieser arme Nichtsnutz und vaterlose Flegel, durch den einmaligen, erschlichenen Anblick der Prinzessin in allen Fasern seines Wesens entflammt, Himmel und Hölle in Bewegung gesetzt hat, sogar schlagartig klüger, souverän und generös geworden ist – wenn auch, unter uns, so übertrieben, wie es nur ein Parvenü zustande bringt, was einen wirklich noblen Sultan hätte mißtrauisch stimmen müssen –, nachdem er also weder die eigene Mutter, noch die Unterwelt, noch sich selbst geschont hat, wird er endlich mit dem Himmelswesen zum zweitenmal konfrontiert und nun für immer vereint. Auf der einen Seite Aladdins unvergleichliche Anstrengungen, sein unbeirrbarer Wille und Wagemut und die Pracht seiner herbeigeschafften Schätze, auf der anderen die reizende, schleierhebende Prinzessin. Na?«

Ich verstand sie nicht. Meine Mutter war zeitweilig Lehrerin. Ab und zu merkte man es auch beim Bügeln. Vielleicht lag es einfach am Text der Kinderbuchausgabe?

»Aufgemerkt, Rita, doofes Nüßchen: Hier das unermeßliche Reich der Phantasie, dort die entschleierte Wahrheit namens Badroulboudour. Nie hat Aladdin riskiert, sich den gewaltigen Schock einzugestehen.

Statt dessen stapelt er, ein bravouröser Kavalier aus kleinsten Verhältnissen, Tugend auf Tugend und Tätigkeit auf Tätigkeit. Sein grenzenloser Katzenjammer angesichts der Erfüllung seines Traums bleibt geheim, geheimer als Lampe und Ring. Kapiert?«

Sie fuhr heftig mit dem heißen Eisen über den Tisch. Ich zog schleunigst meine Hände ein: »Selbst dem Zuhörer Schehersads, dem rachedurstigen König Schahseman, fällt nichts auf. Niemand beklagt sich. Nur ich.«

»Eben ist mir etwas aufgefallen. Die Stimmen der kleinen Bürgerfrauen im Norden klingen immer so, als würden sie flügelschlagend die eigene Familie zum Brüten zusammenscharren. Die Frauenstimmen im Süden öffnen die Arme, die jeden aufnehmen, der dazuzählen möchte. Du allerdings gehörst weder zu der einen noch zu der anderen Sorte«, sagte da mein Vater, der ins Zimmer trat, auf gut Glück, um uns beim Denken zu stören. Schnell zog meine Mutter den Stecker raus.

Bügeln 2

»Kleine Nuß«, sagte meine Mutter und beugte sich tief über den Bügeltisch, »heraus mit der Sprache: Hattest du immer nur Mitleid mit dem Prinzen von den Schwarzen Inseln, den seine Frau zur unteren Hälfte in Stein verwandelt, und täglich mit hundert Peitschenhieben bestraft, weil er ihren Liebhaber zur Strecke brachte?«

Ich schob vermutlich meine Hände zum Spaß unter die dicke Bügeldecke, damit sie mit dem Eisen darüber führe. »Mitleid schon, aber seine böse Frau, die Zauberin, hat mich mehr interessiert«, gestand ich, verschwieg aber, wie sehr mich gerade dieses Märchen Schehersads beim ersten Lesen in Erregung versetzt hatte.

»Aha, immerhin! Interesse!« Sie sah den großen Berg Bügelwäsche an und verlor einen Augenblick den Mut, zumindest die Lust. Dann würde leider der gute Geruch aufhören, der so schön ist wie am Wintermorgen der aus der Bäckerei. Beim Nachdenken über das Aufhören hatte sie beinahe das beste Oberhemd meines Vaters verbrannt.

»Ist dir nie aufgefallen, daß sich alle Männer gegen diese, nur halbwegs mächtige, Zauberin verschworen haben?« Sie setzte ihre Bügelei, eine kleine Verwünschung ausstoßend, in beunruhigender Geschwindigkeit fort: »Der herumreisende König, der dem versteinerten Ehemann helfen will und sie schließlich durch einen Trick tötet, der Prinz selbst, der ihr den Liebhaber raubt, am schlimmsten aber dieser selbst, ein potthäßlicher schwarzer Sklave, der, halb tot, halb lebendig, kein Wort mit ihr spricht, während sie sich um ihn das Herz aus dem Leib grämt.«

»Und auch vorher, als sie ihn in der dreckigen Hütte besucht, beschimpft er sie ja schon«, stimmte ich mit ein bißchen lauernder Vorsicht zu und stütze meine Ellenbogen ganz in der Nähe des Bügeleisens auf.

»Natürlich ist sie eine Ehebrecherin. Das dürfen wir nicht vergessen. Aber auf der anderen Seite wird sie von allen bekämpft, sogar von dem, zu dem sie sich so tief herabgelassen hat. Sie ist einsam wie – – der Tod.« Mit zornigem Ruck zog sie den Stecker aus der Wand. Es reichte ihr für heute. »Du siehst, wie schwer wir Frauen es haben auf der Welt! Erst recht wir bösen!« Sie zwinkerte mir zu.

Ich zwinkerte zurück, hielt aber lieber den Mund. »So tief herabgelassen«? Ich war auf der Hut. Nicht nur das Blut, das über die nackten Schultern des versteinerten Prinzen floß, sondern auch der in allen Dingen abstoßende Liebhaber, vor dem die Prinzessin sich nicht trotzdem, vielmehr gerade deshalb ohne Widerspruch demütigte, verlieh ja der Erzählung einen betäubenden, scharfen Geruch.

Meine Mutter packte die unfertige Bügelwäsche und warf sie verächtlich flötend in einen Korb. Ich aber wußte sehr wohl, daß sie sich harmlos stellte, um herauszufinden, ob ich, die kleine Nuß, dieses besondere Aroma schon schmeckte. Sie stand ganz still, dann prüfte sie mit dem angefeuchteten Mittelfinger die Restwärme des Eisens und holte irgendein Wäscheteil zurück auf den Tisch. Das Bügeleisen kam in die Nähe meiner Hände, bedrohlich wie nie zuvor. Sie glühte mich grün und viel stärker an, als das rote Kontrolllämpchen des Eisens.

»Diese wohlversorgten Bürgerfrauchen, in ihren grünen Vororten mit einem Gang wie ständig unterwegs zum Kugelstoßen, heben bei jeder etwas ausgefallenen Bemerkung höhnisch die Brauen. Andere Frauen atmen auf in Freude über die Abwechslung. Bei dir ist es immer Glücksache, mal so, mal so«, rief mein Vater schon von der Haustür aus und hatte, wie meist, nur Augen für sie.

Die Katastrophe

Eine Frau prüfte im Warenhausspiegel, indem sie sich vor- und zurückbog, ihr Aussehen, unaufhörlich, die ganze Treppe hoch. Ob »sie« das war, sie, die Mysteriöse?

»›Die Menschen, die Schaufenster, das Leben ansehen‹, lügt sie uns vor. Ich bin aber nicht blind.«

Ihre Mutter führe sich schlimmer auf, als der Priester beim Hochamt, behauptete das dickste und intelligenteste Wesen, das ich kannte und das mich erwählt, das mich feierlich zu seiner Genossin ernannt hatte, allem Anschein nach lebenslang.

»Natürlich ist sie zu gottlos, um sich nach der Liturgie zu richten, die weiß überhaupt nicht, daß es das gibt. Bei ihr ist alles Stimmungssache, ob sie in Grün, Violett, Schwarz oder Weiß geht. Aber diese Stimmungen, diese Gefühle passend zur Wettervorhersage, die sind ihr heiliger als die Zehn Gebote. Nimm Gift drauf! Ihr Glaubensbekenntnis heißt: ›Asymmetrie! Eleganz der Diagonale!‹ Damit meint sie die Kleiderschnitte. Noch eben ist das Hütchen genau das Richtige, da hat sie die Türklinke in der Hand. Als sie den Schlüssel rausholt, ist's schon ein Fehler, da muß ein Käppchen her. Nach den ersten Metern vom Haus weg stellt sich raus, daß der Mantel nicht paßt. Zurück also.«

Das dickste und intelligenteste Wesen war auch der reichste Mensch, den ich kannte, ihren Vater sah ich ja nicht. Sie wohnten am Stadtpark in einem Haus mit Holzveranda. Die Mutter wollte jeden Tag in die Stadt.

»›Die Menschen ansehen‹? Laß dir keinen Bären aufbinden! Der geht es nur um die eigene Eitelkeit. Die hält bloß Ausschau nach Bewunderung. Dabei kennt sie kaum jemanden. Ist ja allein an sich selbst interessiert. Aber schon wenn wir unseren Hausarzt treffen, ist sie ganz aufgedreht und fragt danach sofort: ›Schnell, schnell, wie sah ich aus?‹ und ist nervös und beißt sich auf die Zunge. Stellt sie dann vor einem Spiegel fest, daß der Lippenstift keine Sensation zur Blusenfarbe ist, bleibt sie für den Rest des Tages bedeckt. Am Abend legt sie dann noch mal los: ›Sah ich wenigstens sonst passabel aus?‹ und kuckt dabei ihre langen Beine in den dünnen Strümpfen an, weil die immer ihre Rettung sind. Meine Mutter bildet sich ein, wegen ihrer Art zu stöckeln müßte ihr die ganze Stadt zu Füßen fallen.«

Ob mich das überaus dicke, reiche und intelligente Mädchen nur zur Freundin erkoren hatte, um sich bei mir zu beschweren?

»An manchen Tagen kommt sie ganz kopflos vor Beschwingtheit aus der Stadt zurück, an anderen stößt sie vor Enttäuschung gegen alle Türrahmen, und mein Vater und ich, wir kriegen fast nichts zu essen, weil sie sich in die Fingerkuppen schneidet. Sie schmeißt die Schuhe in die Ecke und zieht Pantoffeln an. Kein Geträller wie sonst. Ein schlechtes Zeichen bei ihr, sehr schlecht. Alles hängt von der Huldigung ab, die ihr wildfremde Menschen zollen oder gönnen, mal erstaunt, mal meinetwegen auch freundlich, warum nicht. Aber selbst wenn es schiefgelaufen ist: am nächsten Tag ist sie wieder fidel und rennt los, um sich von den Vorübergehenden, alles Unbekannte, verehren zu lassen. Die kriegt nicht den Hals voll, wird nicht müde. Alle werden müde, mein Vater sowieso, ich. Sie nicht, sie nie. Die strahlt, sobald es wieder losgehen kann mit der Stadt. ›Du bist ein Wunder‹, sagt mein Vater zu ihr, ›du wirst nicht älter.‹ Er bewundert sie am meisten von allen, das genügt ihr aber nicht. Wenn der nächste Tag graut, fegt sie wieder los.«

Eigentlich mochte ich das dicke Mädchen nicht leiden. Es wurde zornig, wenn ich ihr nicht exklusiv zur Verfügung stand für die Tiraden. Lachte ich mit anderen, war es gleich häßlicher Verrat, außerdem schwitzte sie leicht und behauptete, bereits alles über Männer und Frauen zu wissen. Ihr Mund war klein und verkniffen, so gut sie auch mathematische Aufgaben, lächelnd und beinahe schon verächtlich, lösen konnte. Sie wußte fünfmal mehr Fremdwörter als ich, hatte schon einmal, vom Hausarzt diagnostiziert, ›Scheidenkatarrh‹ gehabt, kannte die Schweizer Berge und einen Atheisten. Das warf sie gesprächsweise so hin.

Die Frau jedoch, diese Mutter, die hätte ich viel lieber gesehen als sie, hätte sie liebend gern in der Stadt entdeckt unter den Fremden, fragte mich, sobald ich dort herumging (und das tat ich nun bei jeder Gelegenheit!), ob jene elegante Frau, die ein grau gestreiftes Kostüm mit roter Reversblume trug und sich in den schmalen Hüften wiegte, vielleicht ›sie‹ sein könnte, wollte es unbedingt allein herausfinden, ohne ihre neidische Tochter. Ich war besessen von der fixen Idee, sie in der Hauptgeschäftsstraße oder den Seitengassen mit den teuren Läden zu entdecken, denn ich wußte ja Bescheid über ihre Kleidungsstücke durch die mißratene Intelligenzbestie, die schon darauf lauerte, mir alle Neuanschaffungen der

Mutter höhnisch zu beschreiben. Trotzdem ahnte ich, daß ich die Frau im Gefunkel der Stadt, das ich erst jetzt richtig wahrnahm, an einem Augenblitzen, an ihrer strahlenden, durch die Straßen jagenden Gestalt viel eher erkennen würde als an einem Kleid.

Bis es zur Katastrophe kam.

»Jetzt ist es heraus, Rita! Nachdem sie eine ganze Woche nicht in die Stadt gelaufen ist, hat sie heute erklärt, die Schaufenster mit ihren Hüten, Stoffen und Schuhen und die Bettler mit den, wie sie sich's zusammenphantasiert, verwegenen Gesichtern freuten sie nicht mehr! Wahnsinn! Katastrophe! Fehlt nur noch, daß sie sagt, die Menschen und das Leben interessierten sie nicht länger! Geht im Haus herum, mit hängendem Kopf und spricht nicht mit uns. Die ist wie ausgewechselt, die hat Kaffeeflecken auf der Bluse, und es stört sie nicht, die hat heute morgen zum Frühstück Sekt getrunken«, berichtete eines Tages das dicke Mädchen mit neutralem Gesichtsausdruck. Es sprach als Wissenschaftlerin. »Keine Ahnung, was für eine Krankheit in sie gefahren ist. Unseren Hausarzt können mein Vater und ich nicht fragen. Der ist in eine andere Stadt gezogen, vor ein paar Tagen erst, in die schöne Stadt, in der er studiert hat. Ihm ist dort eine Praxis angeboten worden. Das ging durch einen Todesfall ruckzuck. Praktisch von einem Tag auf den anderen. Nun stehen wir medizinisch erst mal im Regen.« Sie kaute, um nicht zu essen, heftig wie immer auf ihrem Kaugummi herum.

Ach, ›sie‹ freute sich nicht mehr! Die Stadt hatte plötzlich all ihren karfunkelnden Reiz verloren, auch für mich. Was hatte ich nun noch dort zu suchen.

Mit einem Schlag wußten wir beide, ihre Tochter und ich, nicht mehr, worüber wir sprechen sollten. Wir versuchten es mit dem Atheisten und der Mathematik, mit Männern und Frauen und den hohen Bergen der Schweiz. Die Sätze gerieten immer schneller ins Stokken und Verdorren. Ein verkrampftes Suchen nach Wörtern breitete sich aus, am Ende schon dann, wenn wir einander ansichtig wurden. Wir redeten miteinander in Gleichungen.

Ich weiß noch den letzten Satz, den die Überfliegerin zu mir sagte, bevor wir für immer unserer Wege gingen: »Die wird jetzt von Tag zu Tag dicker.« Kleine Schweißperlen standen zwischen den dunklen Härchen auf ihrer Oberlippe.

Fräulein Welziehn im Reich der Fische

Fräulein Welziehn? Wo kommen denn Sie jetzt her, das heißt, wo kommt Ihr Oberteil her, dieser unerhört hohe Busen und darauf die bewußte Kette, »das Geschmeide«? Viel eher, ich weiß es ja sofort wieder, müßte ich in Wirklichkeit fragen: Wo kommt das starke, fast schon zehrende Versäumnisgefühl her, denn über Busenbalkon und Halbedelsteinen erscheint obendrein Ihr häßliches Gesicht, eine Häßlichkeit, die mir zu Herzen ging.

Wir waren doch schon vierzehn und die Kette mit Steinen wie aufgereihte, schon ein bißchen angelutschte Bonbons, die uns ablenken sollten auf ihrem hohen Auslegepolster, verstärkte das Mißglückte an Ihnen nur. Wir waren eben, anders als Sie dachten, keine kleinen Kinder mehr, warteten statt dessen immer darauf, daß Ihre stets wie in Tränen schwimmenden oder beinahe ausrutschenden Augen endlich einmal diese ewige Nässe in Tropfen überquellen ließen, obschon Ihnen niemand Übles wollte. Ihnen, in Ihrer flehentlichen, zum Glück korsettierten Freundlichkeit? Niemals!

Ob irgend jemand genau wußte, wie Sie von der Taille an abwärts beschaffen waren? Ein Mann? Ein Mann für unser Fräulein Welziehn?

Das stattliche Fräulein schwebte als heimlich dem Weinen stets nahe und dennoch steife Büste über unseren Köpfen, und wir hörten nur »ancilla« und »agricola«, aber wir schmeckten Himbeere, Waldmeister und Karamel angesichts der weich gerundeten, um uns werbenden Dropse namens Achat, Malachit usw. auf ihren ärmlichen Pullovern über dem reichlichen Fleisch darunter. Bestimmt, dachten wir, stammt der Schmuck von ihrer alten Mutter, die sich über unsere so leicht nicht mehr zu bestechenden Gesichter täuschte, einzeln angespart, bis sie fünfzehn Stück kunterbunt beisammen hatte, ja, von Ihrer Mutter, die, wenn Sie sich mittags aus dem Unterricht zu ihren Kartoffeln an den Tisch setzten, in ratlosem Kummer Ihre niemals trockenen Augen bemerkte.

Nein, niemand tat der Häßlichen etwas zuleide. Wir beobachteten sie nur. Unentwegt beäugten wir mit nicht nachlassendem Interesse dieses unschöne Gesicht, das von irgend etwas Freundlichem überfloß, viermal wöchentlich fünfundvierzig Minuten lang. Alles an ihr war empfindlicher, kränkbarer Organismus. Aus dem tiefen Wasser war sie aufgetaucht mit ihrem Medusenhaupt und hatte uns von dort die wunderlichen, kindischen Steine mitgebracht, vom Grund des Sees oder Meeres, jeder einzeln mit einem goldenen Draht umrundet, damit die sanften Kostbarkeiten, an denen die Fische schon zu lange geleckt hatten, um Gottes willen in ihrer einfältigen Abfolge jeder für sich gewürdigt wurden. Etwas veralgte Augen waren vom Tauchen in der Tiefe zurückgeblieben, und der gefühlvolle Schleim ging und ging nicht wieder weg. Noch anderes tropfte: der Schweiß auf ihrer Stirn nach jeder Stunde. Im Feuer des Redens sprühte Spucke aus ihrem Mund. Oft war das Fräulein verschnupft, fehlte aber auch bei laufender Nase nie. Wir kalten Idiotinnen konstatierten das dann doch beinahe indigniert. Sie war die einzige Lehrperson, zu der mir das Wort »Güte« einfiel.

»Ceterum censeo!« rief sie und schwamm ins Klassenzimmer, tauchte, ein wenig gurgelnd noch, aus den Wassermassen auf, wie auch jetzt, in diesem Augenblick wieder, bis der komplette Oberkörper sichtbar wurde und nur die wäßrigen Augen, diese wie in Öl gleitenden Augen, und die geraubten, für uns vergebens erbeuteten Steine noch Spuren ihres Treibens in Teichen oder Ozeanen waren.

Neben Lateinisch sprach sie auch Französisch. Das natürlich mit spitzem Mündchen. Doch, selbst solche Meeresungeheuerlippen begannen, wenn die Pflicht es forderte, dann auf sehr korrekte Weise charmant zu sein. Wir waren nicht unbarmherzig, wir wohnten dem verzweifelten Schauspiel nur jede Woche 180 Minuten lang ohne Bewegung bei. Wie ihr die verschiedenen Feuchtigkeiten übers Gesicht rannen!

Und doch gab es etwas Gegensätzliches, das uns bannte, das uns stärker als die Steine hypnotisierte. Jenseits des Beobachtens existierte unsere nie ausgesprochene Ahnung vom Wunder einer dunklen, freundlichen Tiefe, die Fräulein Welziehn unter ihren stündlichen Qualen aufbewahrte, gelassen und unverletzt. Eine Menschenliebe, die in unterschiedlichen Tönungen aufstieg und vor unseren Fischaugen sichtbar wurde.

Ach, ich werde jetzt an ein stilles, verborgenes Kästchen gehen und ohne mich zu fragen, wie sie dahin gekommen ist, genau eine solche Kette darin finden und sie um meinen Hals legen, den ganzen Tag lang (so, wie Lukrezia Borgia ihren Büßergürtel um die Taille trug), in Ehrerbietung vor der alten und hilflosen, zum Glück gutgläubigen Mutter und zur Sühne am Fräulein.

Fräulein Welziehn, Fräulein aus der anderen Welt.

Vierzehn

Ich war damals zwanzig. »Und was, Rita, ist mit der Liebe?« wurde ich immer öfter gefragt. Nachts knirschte ich mit den Zähnen, ich wußte es ja selbst nicht. Warum ging alles schief? Dann obendrauf als Zusatzstrafe die impertinente Neugier ziemlich fremder und allzu wohlbekannter Leute. Ich wohnte für einige Wochen in einer Stadt bei einem älteren Ehepaar, denen ich, im schmerzlichen Mai, ein bißchen die verstorbene Tochter ersetzen sollte. Dafür hatte ich bei ihnen Kost und Logis, während ich tagsüber in einer geradezu grauhaarigen Behörde, die aus mir schleierhaften Gründen »Vereinigte Elektrizitätswerke« hieß, als Studentin einem gut bezahlten Stundenjob nachging. Der Mann, ein Bekannter meines Vaters, hatte ihn mir vermittelt.

Er meldete täglich zum Frühstück die exakte Uhrzeit des noch immer weiter nach vorn verlegten Sonnenaufgangs und schien dafür jedesmal ein kleines Lob zu erwarten. Aus dem Stolz des alten Mannes mußte man folgern, daß er selbst derjenige war, der den Himmelskörper hoch und höher stemmte. Mit der Sommersonnenwende würden seine Muskeln dann sicher mit jedem Morgen mehr erschlaffen. Nach der Arbeit half ich ihm und seiner Frau in ihrem großen Schrebergarten. Aber meist hatten sie dann schon das Wichtigste tagsüber erledigt und wir setzten uns auf die Laubenterrasse, freuten uns an den Salatpflänzchen und den verschiedenen Vögeln, spielten Karten, tranken Bier, und alles empörte mich von Tag zu Tag mehr.

Bald würden die Kastanien blühen, die Kastanien! Anfang Mai und ich zwanzig! Es war zum Wahnsinnigwerden. Wir saßen in der Sonne oder drinnen in der heizbaren Laube, plauderten, und unaufhörlich erkundigten sich die Vögel und die verschmitzten Augen dieser faltenreichen Leutchen: »Wie steht's mit der Liebe?« Es mußte sich um ein Verbrechen gegen Natur und Zivilisation handeln, wenn man in diesem Alter keinen Liebhaber aufwies. Obschon ich doch wirklich jung war, mußte »die Jugend« etwas sein, das man wie einen Gegenstand außerhalb seiner selbst erst zu erobern hatte. Eine unsichtbare Instanz befahl, die Trophäe nach Hause zu bringen.

Zu allem Überfluß wurde auch noch die alberne Sitte von den Maibäumen, sogar in den Großstädten, wieder aufgegriffen. Auch der Flieder höhnte stumm mit seinem Wohlgeruch durchs Laubenfensterchen, die Maiglöckchen bissen sich vor Schadenfreude auf die Lippen, wenn ich mich zu ihnen hinunterbeugte und an ihnen riechen wollte, anstatt sie in Sträußen und in Brusthöhe von jemandem, der es auf mich abgesehen hatte, geschenkt zu kriegen. Am schlimmsten war es, wenn sie im Dunkeln schimmerten, wenn sie sich im weichen Mondlicht halb verbargen und halb entblößten.

Meine Erwartungen an die Liebe waren großartig und wunderbar. Auch wenn ich zu diesem Zeitpunkt keinen Geliebten besaß, kannte ich natürlich schon länger das Handgreifliche, die unbedeutende Plackerei, die war mir geläufig. Das Beste mußte aber noch kommen. Ich war mir dessen sicher, denn ich fühlte mich vollständig durchdrungen von Liebe. Wohin ich auch sah, es durchbebte mich, ich spürte das allgemeine Sehnen und Zucken der Luft, keine dreckige Häuserwand bildete ein Hindernis, alles reihte sich aneinander zu einem ununterbrochenen Lied und Überschwang. Die Liebe fuhr durch mich hindurch mit elektrischer Kraft und verband meine Nerven mit allen Gegenständen, die der Monat spielerisch hervorbrachte, verband sie jedem Flüstern einer tiefen Männerstimme in einem Nachbarzimmer. Bei jedem deutlichen Männerschritt auf dem Flur überlief meine Haut in Wellen und Wogen ein Zittern, ein Frösteln.

Die Kehle schnürte sich mir zusammen, als würde sie sich zu einem Schrei bis hoch zu den Wolken rüsten, den kleinen, silbrigen Wolken um den Mond herum und den schweren, die den Regen in ihren Schwellungen kaum noch halten konnten. Ich löste mich fast auf, ich lehnte mich an Außen- und Innenmauern, ich war mitten im Gestürm der wahren Liebe. Es trieb mich in meinem Jammer durch die Stadt und über menschenleere Parkwege, wenn schon alle vor dem Fernsehen saßen. Nur die Pflanzen nicht, sie äugten und lauerten zu mir hin.

Die Liebesvorschrift jenes Frühjahrs war erbarmungslos und voller Tadel für mich, denn in der Wirklichkeit gab es niemanden, der meiner Angespanntheit standhielt. Es schien mein eigener Fehler zu sein, daß es so war. Alles Leibhaftige versagte vor der Maßlosigkeit meiner Gefühlsfluten. Das Ungenügen lag nicht bei der Welt, sondern bei mir.

Das sagten mir auch die Blicke jenes alten Paares, das sagten mit Donnerton sogar die Ameisenzüge auf den Laubenbrettern. Zur Liebe gehörte offensichtlich, daß man sich zufriedengab. Überall drückten sich ja die zurechtgemachten Bräute mit ihren netten Freunden herum. Sie alle wußten sich zu bescheiden.

In den beinahe herrschaftlichen Schrebergarten, der gegenüberlag, radelte häufig ein Vierzehnjähriger, um seinen Großvater zu besuchen. Er trug ein wenig schwarzen Flaum auf der Oberlippe, die Stimme krächzte schon, ein zutraulicher kleiner Kerl, der abends immer öfter zu uns über den Zaun kletterte und von der Schokoladenfabrik seines Vaters erzählte. Er war uns dreien willkommen, auch, weil er uns mit nicht zu aufwendigen Präsenten aus dem väterlichen Unternehmen beschenkte, die wir unter freundlich abwehrenden Mahnungen gemeinsam verzehrten. Dabei spürte ich das Knirschen meiner Zähne etwas weniger, deshalb war mir der Kleine, der in seiner Anhänglichkeit fast ein wenig lästig wurde, trotzdem willkommen.

»Dir gefällt wohl das Kleid von dem Fräulein oder sind es die Locken?« sagte eines Nachmittags zu meiner Überraschung die alte Dame und zog sich die Gartenhandschuhe aus, um eine Praline auszuwählen.

Der Junge antwortete ernsthaft: »Sie hat nicht die geringsten Locken. Locken gefallen mir nicht.«

Später, auf dem Nachhauseweg, erzählte sie von einem Anruf der Großmutter des Jungen. Er mache überhaupt keine Schulaufgaben mehr, sei kaum noch zugänglich. Die alte Ehefrau sagte das nur so, nur so in die Maienluft hinein, in die ich brennend gern entwichen wäre. Aber wozu, wohin? Ich hatte den Eindruck, gerade heute hätten es die betagten Herrschaften, speziell die Frau, mit ausgesprochener Erleichterung gesehen.

Zwei Tage später schellte unser privater Schokoladenlieferant am frühen Abend an der Tür. Da es schon seit dem frühen Nachmittag in Strömen regnete, hatte er beim Schrebergarten umsonst auf uns gewartet. Er war völlig durchnäßt von seiner Fahrradtour, wollte mich aber unbedingt sofort allein sprechen. So saßen wir uns im Wohnzimmer des Hauses gegenüber. Er sah mich groß und eifrig an und hoffte, nervös an seinem rührenden Flaum zupfend, wohl auf meine Verwunderung angesichts eines Kartons, den er mir, wegen des Regens in Plastikfolie gewickelt, über den Tisch weg zuschob. Eine Großpackung Süßigkeiten für Kindergeburtstage wahrscheinlich.

Es waren aber, unter schwarzem Seidenpapier, die verrücktesten Schuhe darin, die ich je in meinem Leben gesehen hatte.

Wohl auch die teuersten! Einen Augenblick lang hörten wir beide auf zu atmen und starrten nur, der Junge auf mein Gesicht, ich auf die Schuhe, Schuhe aus goldenem Leder, bis auf die Sohle ganz ohne Mittelstück. Die Ferse war in hinreißender Übertreibung am imaginären Bein hochgezogen, das Leder so kostbar, daß es wie weicher Stoff behandelt werden konnte und die Kelchblätter einer langgestreckten Blüte nachahmte. Der sehr hohe Keilabsatz verjüngte sich stark zur Sohle hin, so daß die eigentliche Ferse sich im Profil zunächst in rasanter Kurve von innen nach außen und wieder nach innen und noch einmal, wie nachklingend, nach außen schwang. Das Ganze sah aus, als schmiegte sich eine luxuriöse Seidensocke um einen unsichtbaren Fuß, allerdings auf goldenem Sockel. Vermutlich existierten irgendwo sogar Wesen, die darin ein paar Schritte machen konnten.

Ich wußte nicht, ob ich vor Entsetzen lachen oder weinen sollte.

Noch bevor ich mich entscheiden konnte, bevor ein einziges Wort gesprochen war, schellte es wieder, und schon trat ein athletischer Mann ins Zimmer, packte den Kleinen – er sei der Fahrer und von den Eltern beauftragt, sagte er trocken zur Dame, zur mehrfach entrüsteten Greisin des Hauses –, ergriff auch das Päckchen, das ich dem Jungen wieder zugeschoben hatte, und verschwand mit dem überrumpelten Kind, das mich, die all dem ungläubig beiwohnte, sprachlos ansah ohne ein Wort, auch ohne Protest angesichts des mächtigen und hier unerwartet auftauchenden Erwachsenen, zum ersten und letzten Mal, in unvergeßlicher, wehrloser Glut.

Samstagabends

»Kaum sehe ich mehrere Frauen zusammen, egal wo, Bus, Kneipe, Treppenhaus, Straße, ganz, wie Ihr wollt und befehlt, fange ich an zu überlegen, welche von ihnen ich am liebsten unter oder über mir entgleisen sehen möchte – und mache mich unverzüglich entsprechend ans Werk.«

Das war eine Äußerung Rolf Hochbeins. In diesem Stil redeten wir alle damals, wir kannten uns vom Studium, redeten so im heißen Frühsommer, jeden Samstag, wenn wir eine Schicht in der Süßwarenfabrik im Industriegebiet hinter uns hatten. Wir Mädchen arbeiteten dort offiziell »um uns ein billiges Blüschen zu verdienen«, die Männer fürs Benzin. In Wirklichkeit gingen wir hinterher Woche für Woche, sechs oder sieben Leute, in ein großes Restaurant neben der Hauptpost, aßen Fritten und gegrillte Hähnchen, tranken Bier und rauchten, bis das Geld verbraucht war, wie besessen, schematisch, ohne Abweichung. Keiner fehlte. Jeder hätte Angst gehabt, den Sinn des Lebens zu versäumen. Niemand von uns ging am Samstag tanzen oder ins Kino, es gab, soweit ich weiß, bei uns keinerlei Liebesbeziehungen untereinander, von folgenlos wandernden Stundenflirts am Fließband abgesehen. Unser einziges und heißes Bedürfnis bestand in jenen Monaten darin, während sich in den staubigen Rosenbeeten vor dem Theater nach der ersten Frische schon wieder Pappbecher und Plastiktüten verfingen, die Stunden an den Maschinen abzuleisten und danach erhitzt und müde im Dunst von gebratenem Geflügel und Senf große Worte zu machen.

Wir befanden uns in vollkommen glücklicher Entrückung und rochen die halbe Woche danach. Wie die Zeit zwischen den Samstagen verlief, mußte jeder für sich ausmachen. Es interessierte die anderen nicht, allenfalls am Ende als gewichtiges, nicht weiter nachzuprüfendes Resümee, das man an den zusammengeschobenen Tischen vor den mit Frittenbergen bedeckten Tellern zum besten gab. Wir brauchten nach dem üppigen Verzehr von Marzipanabfällen das Würzige.

Manchmal, beim Verlassen der Werkanlage, sah ich einen mit seinem Laub zitternden einzelnen Baum. Es versetzte mir einen Stich, ich überging das aber.

»Den saftigsten Ton haben die Akkordarbeiterinnen in der Kohlfabrik, auch die gröbsten Hände. Ihre Männer warten in weißen Pullovern, erstklassig frisiert bei Schichtende an die Autos gelehnt. Und die Frauen sind stolz auf diese Müßiggänger, je gemeiner sie von denen ausgenutzt werden, desto wilder. Es ist eine masochistische …«, sagte ich an einem der Abende, aber an dieser Stelle fiel mir etwas ein, es verdutzte mich, etwas machte mich stumm und meine Lippen taub. Ich legte Messer und Gabel hin. »Vernarrtheit in die …« schaffte ich nur noch. Es fiel auch wohl niemandem auf. Man war gerade über die Hähnchen gebeugt. Eigentlich ekelte ich mich vor diesen Keulen und Brüstchen. Vielleicht taten das insgeheim alle. Aber keiner verzog eine Miene. Man aß sie damals wie Manna, in großen, preiswerten Mengen.

Ich stutzte immer noch und hörte, wobei sie eine Fritte in Mayonnaise tupfte, Ulrike Rütting, die war's wohl, mit extra hoher Stimme sagen: »Ich kann mich nur zwischen subtiler Erotik und anonymem Sex bewegen. Entweder dies oder das.«

Eine andere, vermutlich eine gewisse Hella, behauptete, ihr würde das Mit-sich-selbst-Verschmelzen viel verführerischer erscheinen als das mit dem Partner, nur benötige sie den nun mal dazu. Gerade bei der Arbeit an Seminarvorträgen sei zwischendurch diese Durchleuchtung aller Körperzellen ohne Hierarchie des Kopfes unerläßlich und wirke sich günstig auf Ergebnis und Benotung aus. Dann schob sie den Teller mit den Geflügelknochen von sich, als wären sie von einem anderen abgenagt worden, der sie anwiderte.

Ich aber dachte: Es ist bei mir ja dasselbe wie bei den Kohlarbeiterinnen.

Rolf Hochbein, der eine Doktorarbeit über das Motiv der Falltür und Einbrüche in Eisdecken in der deutschen Literatur schreiben wollte, weshalb wir ihn gelegentlich »Büblein auf dem Eis« nannten, sagte, es komme für einen guten Liebhaber darauf an, die Haut der Frauen so lustlenkend zu streicheln, daß sie immer schon Sekunden vorher genau an dieser Stelle die Berührung erwarteten und, nach kleiner Verzögerung, ersehnten.

Ich muß mir, durchfuhr es mich, nur vor Augen halten, wenn mich ein gewisser Mensch abholt, nicht von der Fabrik, aber vom Seminar, wie ich vorher demütig zittere, ob er kommt, wie ich mit allem Laub zittere vor Stolz, wenn er auftaucht!

»Die Liebe«, sagte dann wohl Klaus Bamm, ich glaube Bamm, der Theologie studierte, »die Macht der Liebe besteht im Idealbild, das der andere von einem hat. So etwas macht abhängig. Hörig! Nur dieser andere sieht das Potential, das in einem steckt. Er hat den Schlüssel dazu, und man selbst muß ihn knacken wie einen Panzer, um an sein eigenes utopisches Eigentum zu kommen.« Wir nannten ihn den wirren Klaus. Er wurde später geschieden, weil er seine Frau verhaute. Ihm wurde immer am wenigsten zugehört.

Ich darf mich nicht verraten!, beschwor ich mich, muß meine Schwäche gegenüber dieser jetzt glücklicherweise fernen Hand in meinem Nacken verbergen, gegenüber diesen geflüsterten Bösartigkeiten, an die ich von morgens bis abends denke, geheim, geheim. Eisern verbergen! Stell dich um Himmels willen kalt! Ohne geheucheltes Gleichgewicht bist du verloren.

»Ach, ach, ist es nicht so«, seufzte diese Hella, »daß man Treulosigkeit, Verführungskraft, Durchtriebenheit gerade deshalb bei jemandem abgöttisch liebt, weil man es selbst nicht besitzt, alles das liebt, was einem solche Schmerzen macht?« Sie nuckelte an ihrer Fritte. Originell war sie nie. Ich hatte das Gefühl, daß sie mich anstarrte.

»Das Dämonische als das Göttliche!« schrie der wirre Klaus.

»Welche unverständliche ewige Wahrheit der Signale!« meldete sich wieder das Büblein auf dem Eis und hob sein großes Glas. »Man verfällt einer Stimme, ihrem sanften, zu Herzen gehenden Säuseln, ah, die tückischen, mächtigen Zeichen, man verfällt ihnen, obschon die Schlampe, aus der die Stimme rauskommt, sie ununterbrochen widerlegt.«

Darf mich auf keinen Fall verraten!, schwor ich mir, bestürmte ich mich. Sie waren dabei, die Rechnung durch sieben zu teilen. Ich wandte mich an den wirren

Klaus und sagte wie nebenbei, er lief ja nur so mit, nicht nur das Idealbild zähle bei der Liebe oder Leidenschaft, sondern auch das Gegenteil, womöglich gerade die Verächtlichkeit, die jemand gegenüber seinem Opfer in sich trage, gebe ihm die entscheidende Macht.

»Das Dämonische als das Göttliche«, schrie der wirre Klaus unbeirrt und fast unbemerkt.

Es passierte auch einige Male, daß wir uns, wir wußten nicht, wie es dazu kam, auf einer ländlichen Kegelbahn wiederfanden und aus kleinen Gläsern hochprozentigen Alkohol tranken, wie man es damals so machte.

Rolf Hochbein schrieb schließlich doch keine Doktorarbeit. Er schwängerte eine gut betuchte Metzgertochter, heiratete sie und wurde Studienrat. Diese Metzgertochter entwickelte mit den Jahren eine enorme Putzleidenschaft, während Hochbein, so hörte man, in seiner Freizeit im Garten und ums Haus herum zum Ausgleich ständig mit einer Aschentonne unterwegs war.

Jene Hella, die es mir erzählte, als ich sie nach vielen Jahren traf, fügte dann, ohne Fragen zu stellen, noch hinzu, wir anderen hätten es doch alle ungefähr genauso gemacht.

... darf mich auf keinen Fall verraten!, schwor ich mir, bestürmte ich mich.

Frühling

Es war ja erster Frühling, endlich Frühlingsregen. Ich warf alles hinter mich, meine Jahre, das fiel mir nicht schwer. Meine Kindheit nicht, die niemals, die Kindheit nie und nimmer, »holde« Kindheit, mir wurde ganz leicht. Wenn ich auch alles über Bord werfe: die ausgerechnet nicht, aber alles notfalls zwischen ihr und jetzt. Die Kindheit ist frisch wie der Frühlingsmorgen, jetzt frischer als früher. Ein Wunder! Zwischen den kahlen Stämmen noch nichts als Dunst, unten Schneereste und Schneeglöckchen. Man ruft »Märzenwald!« Schon hört man nach so langer Zeit den ersten Vogelruf, den herzzernagenden Waldruf um seiner selbst willen. Man weiß nicht, wohin mit sich. »Märzenwald! Märzenwald!«

Auf die Straßen, durch die Straßen laufen in der Märzenstadt! Schon grüßen und ducken sich sprungbereit in den Schaufenstern die eben erst ausgedachten, windigen Sommerröcke. Man bewegt sich anfangs noch schwerfällig daran entlang, die Erregung, die Traurigkeit sind unvermeidbar, man weiß nicht warum. Alles, auch das Kleinste, hat wieder was zu bedeuten.

Da, ein Blick! Ach, wieder ein Blick!

Ein Männerblick direkt in die Augen herein, bis in die Zehenspitze schießt der Blick, ist schon vorbei, galt vielleicht der Person hinter mir, aber das Licht geht an, durchbraust mich schon, überspült mit den Regentropfen überall die kahlen Märzengesichter. Schneller! Schneller!

Weit außerhalb, ich weiß es, beginnt die Erde zwischen den Stämmen mit erster Wucht zu riechen, im Schatten noch gefrorene Teiche, vergessene Eispfützen in schattigen Wegkrümmungen, an den ledrigen Knospen: Wasserblüten. Mit jedem Schritt neue, struppigfeuchte Einzelheiten des Vorfrühlings. Die Vogelstimmen ballen sich dort zu ganzen Wolken. Manchmal schimmert es hinter den Schwaden umhergeisternder Feuchtigkeit: Frauen auf bleichen Pferden, die aus dem modrigen Walddunst auftauchen und verschwinden. Balladen, in denen sich kurz der Beinerne zeigt, verhallen. Sofort ist sie da, die Glühkraft moosüberkrochener Baumstümpfe. Der Waldtrost erstarkt in einem Aroma von Bärlauch, das noch schwach ist, als wäre es eine Einbildung.

Hier jedoch wartet in der Tasche, zum Päckchen gefaltet, der Frühlingsrock. Sein Aussehen? Nicht so wichtig. Sobald er gefangen ist, vergißt man ihn zur Hälfte. Aber er ist neu, neu! Jungfräulich schläft und äugt er in der Umhüllung. Macht sich wichtig und schwer. Zu Hause folgt die Bewährungsprobe, wenn er ans Licht kommt, sich aufplustert und seine Stoffseele, egal in welcher Farbe, bläht. Er muß den April in seinen Falten verborgen haben, März, April und Mai, die sollen, dem Rock entschlüpft, ihr Gefieder spreizen und schütteln, daß die Tautropfen glitzernd nach allen Seiten stäuben wie die Vogelrufe, die in die vielsagende Tiefe angedeuteter Wäldchen locken und die Blicke diese eine Sekunde, alles in Wirklichkeit ohne irgendeinen Sinn, der Männer, direkt in die Augen.

Gadowski, Gadowskis Freundin

Wie ein schwitzender Mensch nach Mann oder Frau riecht, so roch gestern, in der unnatürlich warmen Vollmondnacht, auf dem Autobahnparkplatz der Mai nach spätem Mai. Vielleicht hatte man die Wiesen hinter den schwarzen Gebüschen gerade gemäht? Stärker jedenfalls als die Ausdünstungen der schwarzen Riesenlaster, zwanzig Gebirgszüge, die in Schlafhaltung auf den Tagesanbruch warteten, drang der Duft, auch der von Brennesseln und vom Weißdorn, man hätte in so viel Süße ersticken mögen, ins Wageninnere. Man aß im Dunkeln gekochte Eier, seufzte mehrfach: »Was für eine Nacht!« und nicht nur das Aroma der erhitzten Landschaft wogte durch die Scheibenöffnungen, man selbst schlingerte, ohne sich vom Platz zu rühren, nur zu gern hinaus in die schummrige, zum Bersten mit Wesen gefüllte Dunkelheit. Was für ein Glück das war!

Heute dagegen! Viele fühlten sich schon beim Aufstehen unbehaglich wegen Pollenflug, man war geblendet vor Menschenhaß. Eine Fromme gefährdete ihr Leben, weil sie aus Katholizismus am Freitag nicht nur Fleisch, sondern auch den Konsum ihrer Medikamente ablehnte. Wie konnte es jetzt noch einmal so trocken und frostig sein! Man fand sich plötzlich in einem endlosen Flur, von dem man gedacht hatte, am Ende wäre was Besonderes, aber da war überhaupt nichts, es ging einfach immer weiter. Die Leute in den kleinen Balkons schlagen sich ernüchtert die Schädel ein, werfen ihre Kinder wegen Eheschwierigkeit aus dem Fenster, schmeißen Flaschen auf die Bürgersteige und lachen, zum ersten Mal an diesem Tag, wenn ein Hund in die Scherben tritt. Warum haben die Leute, fragt man sich, überhaupt Fleisch um ihre Knochen herum, was für ein sinnloser Aufwand, es geht ja doch alles den Bach hinunter. Ich suche in ihren Gesichtern etwas, das sie mir keinesfalls zeigen wollen, so daß ich sie für Krusten halte um einen Hohlkörper herum oder mit Bosheit gefüllte Schränke unter dem Schein der Betulichkeit. Durchschaue ich nicht den ganzen Zinnober dieser Mildheitsgrimassen? Da ist ein trauriges, ein grimmiges Gesicht noch eine Wohltat. Man sucht die Schuld bei sich, weil man die Wahrheit dieser Untiere nicht, wie sie selbst es ja schaffen, vergessen kann. So wie ihnen angesichts der vorgeschriebenen Kücheneinrichtungen in den Schaufenstern gar nicht in den Sinn kommt, daß sie sterben müssen. Heute ist ein Tag, wo ich bei den besten Freunden, wenn ich welche habe oder hätte, Unterschlupf und Zuflucht suche. Von einem zum anderen will ich rennen und mich vergewissern, heute, wo sich alles die Zähne zeigt und lauert, ob jemand einen falschen Schritt macht, um sich dann daran zu freuen. Auch die Vögel gehen räuberischen Geschäften nach, bei denen sie kein sentimentaler Affe stören darf. Wen wundert es, daß der ehemalige Boxer, jetzt Sozialhilfeempfänger, oben in unserm Haus auf seine Freundin, das Luder, eingestochen hat, bis sie tot war? Drago, ihr kleiner Sohn, hat alles mit angesehen, die aus vielen Wunden blutende Mutter, den blutverschmierten Vater, der schließlich durchs Treppenhaus um Hilfe vor sich selber schrie. Es ist die Leidenschaft dieser bösartigen Tage. Wie mag es morgen mit uns allen sein? Bestimmt wieder ganz anders. Alles wechselt ständig.

Und doch sehe ich die junge Freundin von Gadowski in einem Augenblick vor mir, immer wieder, wenn ich an sie denke, der wie ein Stempel ist für alle Zeit, ganz unveränderbar, als hätte sie sich selbst zur Vergewisserung ihrer Person damit ein Wappen gegeben, wie die unter ihrer Rüstung vielleicht auch in Wahrheit sehr wankelmütigen Ritter eine Lilie, einen Adler, einen Löwen.

An ihren Ohren schaukelten zwei kleine Brillanten, und dazwischen sah sie geradeaus durch die offenbar federleichte Brille, aber es war etwas mit ihrem Mund, und Gadowski studierte es fasziniert ohne ein Wort. Auch sie selbst spürte die geringfügige Störung, fühlte es wohl ohne es recht zu wissen. Man erkannte es nur am ganz sachten Zucken ihrer Lippen, die eine Art Krümel spürten und ihn automatisch entfernen wollten, indem die Muskeln ihn weitertransportierten. So sah es zunächst aus. Aber es war genau umgekehrt. Nicht sie, die Lippen, bewegten den Gegenstand, er, der Gegenstand bewegte sich über die Lippen.

Es handelte sich um ein schwarzes Würmchen, eine schlanke Raupe, die ihr bestimmt aus den Haaren gefallen war, noch vom Rundgang durch den Garten. Aber daß ihr dieses Tierchen ausgerechnet über den Mund turnen mußte! Gadowski schwieg und wandte den Blick nicht, er ließ den Wurm gewähren. Was ging in ihm vor? Angelika schöpfte noch immer keinen Verdacht. Wir anderen am Tisch, wir taten es schon. Wir schienen nämlich einer Enthüllung, einem Urteil über sie beizuwohnen. Es wurde von uns verblüfft, vielleicht größtenteils dann doch wieder vergeßlich, als Bild, als allerdings keinesfalls bereits sprechendes Bild akzeptiert.

Und schon ist ein ganz anderer Tag, ein heiterer. Wir sind heiter, wir fahren zu dritt, alte Freunde von Gadowski, auf die dänische Grenze zu. Als kleiner Junge, erzählt einer von uns, habe er mit seinem Vater in Dänemark ein Gericht namens »Rausschmeißer«, so ähnlich in der wörtlichen Übersetzung, gegessen. Beim Grenzübertritt nach Deutschland sei plötzlich verkündet worden: »Leibesvisitation«. Jetzt kommt es zum Kampf, habe er gedacht, wenn die Zöllner erfahren, was wir in unserem Magen schmuggeln!

Bei uns wird heute nur mit Maschinengewehren im Anschlag kontrolliert, ob unsere Sicherheitsgurte geschlossen sind. Eine Manöverübung vielleicht. Aber lieber nicht lachen!

»Bevor ich sterbe«, meint ein anderer, so gut sind wir gelaunt, »möchte ich noch einmal ein Portemonnaie am Gummiband auf die Straße legen und die Leute, die sich bücken, beschämen.«

»Ach«, sage ich, »hier irgendwo gibt es eine Bar, wo ich als junges Mädchen mit Freunden, wie ihr welche seid, einen ganzen Abend lang vor dem billigsten Cocktail gesessen und die mondänen Grauhaarigen beneidet habe, die an ihren teuren Getränken nippten, achselzuckend in die Runde sahen und schon wieder aufbrachen. Was für ein savoir vivre! Ach, könnte ich noch einmal diese Magerkeit, diesen dämlichen Neid spüren!«

»Am dänischen Strand«, erinnert sich der erste, »habe ich mich in die Fersen eines Mädchens verliebt.

Schneeweiße Füße, aber die Marzipanfersen rosig angelaufen wie die Nasen der Botticellifrauen.«

»Wir sind bald da, hier ist die ›Gegend der verlassenen Männer‹, wie Gadowski es nennt. Alle wohnen in adretten Häusern. Dem einen ist die Frau wegen seines Saufens stiften gegangen, dem anderen, weil die Frau lesbisch geworden ist, dem dritten, … dem dritten, … ich weiß es nicht mehr. Jedenfalls ruft er Gadowski an Feiertagen dreimal am Abend an und merkt es nicht, wünscht Frohe Ostern und hat es vor zehn und vor fünfundzwanzig Minuten auch schon gewünscht.«

Wir freuen uns sehr auf Gadowski. Es gibt einen wie ihn kein zweites Mal, ein Rauhbein, ein Herz aus Gold, ein Menschenfreund, der in Frankfurt mit Laufhäusern und Terminwohnungen viel Geld verdient hat. Nebenbei. Alles geschieht bei ihm nebenbei, mit konzentrierter Kraft zwar, aber es bleiben nicht übersehbare Reserven unangebrochen im Hintergrund. Seine Taten sind Papierschiffchen auf einem Meer von Energie. Gadowski, Fels in der Brandung, stets der alte, stets er selbst.

»Ist er nicht im Waisenhaus aufgewachsen und später zweimal aus der Erziehungsanstalt ausgebrochen?«

»Das Wolfsgesicht wurde er bis heute nicht los. Feine Leute, die ihn prinzipiell auf die Palme bringen, drangsaliert und domestiziert er nicht durch Manieren, sondern durch sein Geld.«

»Andererseits holt er mißhandelte Hunde aus dem Asyl und verdorrte Fliederbüsche vom Abfallhaufen. Beides bringt er zum Blühen.«

»Nur aus Geiz, weil er nichts verkommen lassen kann.«

»Gadowski hat die Fremdenlegion, räuberische Anschläge auf sein Leben und riesige Flutwellen überlebt. Seine Muskeln werden nur noch gewaltiger davon. Wenn ihm was bei einer Bank oder Behörde nicht paßt, donnert er sofort an allen Sekretärinnen vorbei zum obersten Chef.«

»Bereitet euch auf seinen Händedruck vor. Der zwingt uns alle in die Knie, der steckt uns alle in die Tasche und amüsiert sich darüber.«

»Vor einem Jahr habe ich ihn nachts von unterwegs angerufen wegen einer Schwierigkeit mit dem Auto. Er hat mir die wichtigsten Tips gegeben, und im Morgengrauen stand der Haudegen in Arbeitszeug mit Werkzeugkasten vor der Tür.«

So vertreiben wir uns die Zeit in Vorfreude auf ihn, auf Gadowski, den Granitblock, der uns bald mit ungezügelter Stimmgewalt in Grund und Boden rammen wird. Er hat uns erzählt, wie Leute neben ihm verblutet sind und wie er fast schon Gestorbene noch retten konnte, er hat auch erwähnt, wie er ein Jahr nach dem Tod einer entfernten Tante, des einzigen Menschen, der sich in seiner Jugend um ihn kümmerte, ein Buch gefunden hat in ihrem Nachlaß, »Gedichte, mein Gott, Gedichte!« und darinnen einen Zettel, auf dem »in der schönen Handschrift der Tante« das Folgende stand: »Schiller. Der Spaziergang, S. 338«. War es ein Fingerzeig, ein Vermächtnis, eine spät zündende Botschaft an ihn? Gadowski hat sogleich nachgeschlagen und das sehr lange Gedicht gelesen. »Ausgerechnet ›Der Spaziergang‹?« fragte einer von uns ungläubig, »das große Gedicht vom Schicksalsbogen des Menschengeschlechts? Erstaunliche Tante!« »Nichts kapiert, keine einzige Zeile. Vielleicht später mal, Gadowski gibt nie auf. Trotzdem ist es mir heilig, den Schluß kann ich auswendig, der Tante zuliebe: ›Und die Sonne Homers, siehe, sie lächelt auch uns.‹ Vielleicht kam es ihr nur auf diesen Satz an. Klingt doch schön, hat der Dichter gut getroffen! Ich war ja oft in Griechenland. Sie nie.« Er sorgt nach wie vor für ihr Grab: Gadowski: »Wenn ich ein einziges Mal die Ärsche zu fassen kriege, die Blumen klauen, kaum daß diese krummen Mütterchen sie zu ihren toten Ehemännern gebracht haben, werden die das nie wieder tun!«

Auf dem Friedhof hat er oft mit einem untröstlichen Mann gesprochen, der seine einzige, schon erwachsene Tochter beerdigen mußte. Das Hündchen starb gleich hinterher. Jedesmal, wenn Gadowski zum Grab der Tante ging, sah er den Mann, tief über die Gruft gebeugt, weinend in die Pflege vertieft. Eine trübe Stunde für ihn, Gadowski, als er eines Tages den Mann nicht angetroffen habe, und das Grab schon im Begriff zu verwildern gewesen sei. Wie wir ihn kennen, hat er mit Pranken und eisernem Besen ohne zu fackeln Ordnung geschaffen.

»Und wehe, die Verstorbene hätte seine Hilfe nicht angenommen«, sagt einer in Gedanken vor sich hin. Alle wissen, was gemeint ist.

Sein Stolz aber ist das Haus im Süden Dänemarks. Wie er an das Grundstück gekommen ist, bleibt sein Geheimnis. Ich interessiere mich nicht für Architektur, aber jeder sieht, daß es sich auf Teufelkommraus um ein Schmuckstück handelt, erlesenste Materialien, sorgfältig erstellte Handwerksarbeit, etwas für einen Landgrafen und seine Frau, natürlich mit Säulen und Freitreppe. Kein Kiesel und kein Kraut an unerlaubter Stelle. Hinter dem Haus aber geht es ins uferlos Grüne. »Na, ist das Geschmack? Ist das Stil? Von allem nur das Beste! Manufaktur!« brüllt er, wenn er es den zusammenzuckenden Freunden zeigt, schon vom Portal aus.

Er selbst würde sich eigentlich in einer Baracke oder in einem Campingwagen wohler fühlen, nur: Diese Ausstülpung seines Existenzanspruchs und wölfischen Schönheitssinns mußte irgendwann einfach sein. Seine gewaltigste Lebensleistung aber ist Angelika, die er als Verkäuferin in einem Fliesenmarkt kennengelernt hat. »Eher unauffällig, das Mädchen. Als sie mich aus heiterem Himmel mit einem blauen und einem braunen Auge durch ihre billige Brille angesehen hat und zwar so, als wüßte sie selbst gar nichts davon, da war's um mich geschehen.« Wie er da mit seinen fleischigen Lippen schmunzelte!

Angelika arbeitete damals in der Sanitärabteilung. Den ganzen Tag sah sie auf Waschbecken, Bidets und Klos in allen denkbaren Variationen, sah auf stehende und hängende Modelle. Sie sah Kunden auf den WC-Schüsseln für ihr gutes Geld kichernd oder tiefernst Sitzproben machen und hatte schließlich sogar sehr unerwünschte Halluzinationen von Verstorbenen, die dort in Kauerstellung Platz nahmen: die Großeltern, ein verunglückter Nachbar, sogar ihre erste Liebe, ein Schausteller aus Rumänien, den ein umherfliegendes Eisenteil vom Kettenkarussell umgebracht hatte. Das wußten wir über sie, und derjenige von uns, der heimlich dichtete, hatte sie ja noch erlebt, als er dort in den Ferien zwischen Fliesen aus Marmor und Granit jobbte, um Komparatistik studieren zu können.

»Wir lassen all diese Momente vorbeirauschen, flüchtige Farbspuren, aus denen kein Schicksal geformt wird, wie man es früher tat. Alles wird zur Bagatelle, im Gleichschritt mit der zersplitterten Wirklichkeit.«

Gleich, in der Gegenwart von Gadowski, wird er nicht wagen, so ein Zeug zu verzapfen, unser heimlicher Dichter. Gadowski würde ihn bei aller Liebe nämlich rausschmeißen.

Gadowski, ohne einen einzigen Schulabschluß, hat das Mädchen aus dem Sanitärlager gerettet, nach Verständigung mit ihrer Mutter durchgesetzt, daß sie das Abitur nachholte, Betriebswirtschaft studierte und schließlich, wenn auch mit Mühe, promovierte. Sogar die entsprechende Anstellung hat er ertrotzt. Alles ziemlich im Eiltempo. Zur Belohnung gab es zwischendurch Urlaube in exotischen Ländern mit den beiden Frauen. Als Krönung des Ganzen dann das dänische Haus.

Wir alle haben zunächst gedacht, er hätte was mit der Mutter. Auch die wäre ja altersmäßig und in der blondierten Aufmachung noch ein Kompliment für ihn gewesen.

Denn Gadowski ist ein alter Mann.

Er ist mittlerweile Ende siebzig, auch wenn er die meisten Vierzigjährigen spielend in mancherlei Hinsicht, ach was, in fast jeder, in die Tasche steckt. Wir dachten, es wäre eine väterliche Ader in dem familien- und kinderlosen Mann, die ihn zu so herrischer Großzügigkeit getrieben hatte, über all die Jahre hinweg. Die Zugänglichkeit des Mädchens ist kein Wunder, aus verschiedenen Gründen nicht, auch aus dem: Von

Frauen, die auf rauhbeinige Männer fliegen, versteht er was, vermutlich von ziemlich klein auf.

Angelika, mit jeder absolvierten Prüfung selbstbewußter, mauserte sich, war aber wohl schon von Anfang an seine Geliebte, die Mutter nie. Die Mutter schien's nicht zu kränken, es ging ihr ja gut, ging ihr ja blendend dabei. Ab und zu zeigte sie sich dann mit einem Spanier oder Griechen, den Gadowski tolerierte, aber auch schnaubend verachtete, weil er zu nichts als ein bißchen Liebe nutze war.

Angelika, man muß es zugeben, hält Gadowski jung. Sie verlangt, wenn sie die seriöse Berufskleidung ablegt, daß er ganze Disconächte übersteht, ob in London oder auf den Malediven, in Havanna oder auf Mallorca. »Sie holt ihre Jugend nach«, sagte Gadowski bei unserem letzten Besuch, muskulös, braungebrannt, kein Gramm Fett zuviel, »jetzt, wo sie älter wird. Obschon der Schlafmangel, das Rauchen, die vielen Drinks nicht gerade ein Schönheitsmittel sind.« Er seufzte schmunzelnd und strich sich über die kompakten Oberarme, klopfte auch darauf. Er schien ein Geräusch zu hören, das ihn befriedigte.

Wieder sehe ich Angelikas Mund vor mir, über den, von ihr unbemerkt, ein schwarzes Tier kriecht, Raupe oder Wurm. Das kann jedem passieren, der eben noch unter einem Baum gestanden hat. Aber man erwägt doch unwillkürlich, warum sich die winzige Kreatur dort so streckt und krümmt und wohlfühlt, während Angelika vergewissernd nach den Brillanten in den Ohren tastet. Fast fragt man sich, ob das Schlänglein vielleicht aus ihr selbst ... Hui! Man verbietet sich den Gedanken, man schämt sich geflissentlich.

Da stellen wir fest, daß wir, praktisch auf den letzten Metern, alle an sie gedacht haben. Derjenige, der sie von früher kennt, sagt: »Man beobachtet das öfter, besonders beim weiblichen Geschlecht. Wenn sie in die Jahre kommen, legen sich die Frauen eine ferne Jugend mit phantastischen Chancen zurecht. Leider bin ich in diesem Fall widersprechender Zeuge.«

»Sie hat sich immer viel, wenn auch ungeschickt, Mühe gegeben, gut auszusehen. Alles tolle Einzelstükke, aber kein Teil paßt zum anderen. Wer sie sieht, denkt: Sammelsurium.«

»Geniert euch!« protestiere ich scheinheilig, »sie sucht zwischendurch Schwung und Glück, wie es mehr berufstätige Frauen tun, als man glaubt, in den Zeitschriften. Man hofft, durch Anstarren der unwirklichen Models würde von deren Glanz ein magischer Funken hypnotisch auf uns überspringen und uns ihnen ähnlich machen.«

Was hat uns plötzlich so gegen Gadowskis Freundin aufgebracht? Wohl nur die Aufregung. Wir haben ihn längere Zeit nicht gesehen, freuen uns auf den Poltergeist und zerstreuen uns bis dahin. Ein heiterer Tag wie vorgestern, nur ein bißchen Regen zwischendurch, unvorstellbar ist die gestrige, in erster Linie meteorologische Verzweiflung. An den Straßenrändern blüht kilometerlang eine niedrige rosa Nelkenart. In zwei, drei Minuten wird er uns empfangen, der gutmütig und gewalttätig lärmende Mann, wird uns mit prekären Geschenken unklarer Herkunft und garantiert frischen Abenteuern eindecken, bis wir Stunden später herzhaft erschöpft Reißaus nehmen.

Diesmal steht er nicht an seinem schmiedeeisernen

Tor. Gut, dann wird er gleich mit dreckigen Pfoten von hinten aus der Werkstatt kommen, wird sie sich, seinen schmutzigen Auftritt vor dem Staatspalast, edler Stein, die See nicht weit, genießend, flüchtig an den Jeans abreiben und unsere Finger zerquetschen. Das ist uns auch lieber. Natürlich, wir hören ihn ja mächtig hämmern. Zum ersten Mal, ob die anderen es auch merken?, sehe ich, wie stark für das Haus auf extra angeschüttetem Präsentierhügel dasselbe gilt wie für Angelikas Kleidung. Ich wußte gar nicht, daß sie die Villa mit entwerfen durfte.

Da kommt er, ja sicher, es ist Gadowski, der da um die Ecke biegt. Braungebrannt und muskulös unter dem T-Shirt, wie wir ihn lieben, den alten Mann, der wie gewohnt die Arme ausbreitet. »Was ist los mit ihm?« flüstert der heimliche Dichter. »Vielleicht nur eine Grippe, vielleicht auch ein bißchen Rheuma«, flüstere ich zurück, »bloß nichts anmerken lassen! Lachen!«

Er hört ausgezeichnet, der Fuchs, aber die Stimme, wie leise!: »Ist soweit kerngesund. Da macht euch keine Sorgen. Nicht darum, darum doch nicht! Lieber um was anderes.« Er gibt sich nicht einmal Mühe, zu lächeln, obschon er jeden von uns an sich drückt wie noch nie, preßt uns, ohne uns groß in Augenschein zu nehmen, an die Brust. In Wahrheit, auch wenn man es nicht fassen kann, erzwingt er, daß man ihn mit den Armen umschließt. Erst als er zurücktritt, weil es nun nicht länger anders geht, sehen wir etwas, das uns an ihm entsetzt: Gadowski stehen Tränen in den Augen!

Jetzt wendet er sich ab und bemüht sich um lautes Sprechen: »Eine Neuigkeit! Seht sie euch an! Ich kann es noch immer nicht fassen.« Wie ihn das gewohnte Rumoren diesmal anstrengt! Er führt uns um das Haus herum, den Kopf gesenkt, wie in Gedanken, erst als er sich besinnt, strafft er sich energisch – so gut es ihm gelingt. Aus dem früher scheinbar unabsehbaren Grün richten sich ziemlich nah in breiter Front Metallgerüste auf. Trotz des Wochenendes wird noch höher montiert, daher das Geklopfe.

»Die fallen mir dreist mit zwei Wohnblocks in den Rücken. So was habe ich mir nicht träumen lassen. Das nicht.« Er setzt sich hin, auf einen umgedrehten Eimer, der zu wackeln beginnt, fast wäre Gadowski gestürzt. Die Wildnis war illusorisch, man sieht nun ihre engen Grenzen, auch zeigen sich die im Vergleich zum früheren Eindruck bescheidenen Ausmaße seines Grundstücks. »Wollt ihr Kaffee?« fährt er plötzlich hoch, fügt aber sogleich an: »Menschenskinder«, er holt extra Luft für das kernige Wort, »ich kann gar nicht sagen, wie froh ich bin, daß ihr mich alten Mann besucht. Wißt ihr denn, wie alt ich bin? Vierundachtzig Jahre! Gadowski ist vierundachtzig Jahre alt.«

»Verraten Sie es keinem. Man kommt von allein nicht darauf«, sagt schnell der heimliche Dichter, als wäre ein solches Alter ein dunkler Fleck auf Gadowskis weißer Weste. Das meint er nicht so, er wollte nur rasch irgendwas reden in seiner Verblüffung, stellvertretend für uns alle.

»Und das Schlimmste: Ich habe zu spät bemerkt, was für ein Spiel da mit mir getrieben wird. Nicht drum gekümmert, ich kannte doch den Verkäufer des Grundstücks so gut, ein Freund, Grillabende im Sommer und so weiter. Bin selbst immer ein Schlitzohr gewesen. Aber das! Der hat ohne Rücksicht auf Verluste an den Meistbietenden verkloppt. Sonst hätte ich mich doch gewehrt! Bald wird euer Gadowski auf einen öden Steinklotz voller Familien, jede mit mindestens zwei Autos, glotzen, und nicht mehr an einem Gartenpfad, an einer Fahrbahn wird er wohnen. Sie degradieren mich, ich sehe es ohnmächtig mit an. Sie machen mich und mein Haus lächerlich.«

Er versucht aufzustehen, muß richtig mit den Armen Schwung holen dafür. Der Eimer fällt um. »Ich sehe dieses Skelett an, als wäre es schon mein eigenes. Aber das da wird ein Betonwürfel, ich dagegen breche zusammen. Umgekehrt müßte es doch sein, wenn es mit rechten Dingen zuginge.«

Ob so ein Bau denn überhaupt erlaubt sei, frage ich, verwundert über die Schrillheit meiner Stimme. Er nimmt fast zärtlich meinen Arm. »Erlaubt schon, aber man kann gegen solche Sachen kämpfen, ich jedenfalls habe es gekonnt und getan. Gadowski immer. Mit Erfolg, gegen stärkere Widersacher, mein Gott! Aber es hilft ja nichts. Ich bin ein gebrochener Mann.« Er lauscht dem Wort nach. »Gebrochener Mann.«

Ist es denn erst ein Jahr her, daß wir ihn zuletzt gesehen haben?

»Kommt, ich koche Kaffee. Angelika, um von der zu sprechen, hat schon bei den Ausschachtungen am Zaun gestanden und auf die Arbeiter gelauscht. ›Die erzählen sich dauernd dreckige Witze. Man hört es daran wie sie lachen‹, hat sie gesagt. Nein, nein, natürlich nicht empört. Begeistert war sie und auch – sehnsüchtig. Hier, eßt Kuchen. Ich habe für euch Kuchen gekauft. Sie ist nicht da, wie meist, meist ist sie nicht da. Sie kommt zum Schlafen, aber selten.« Gadowski ächzt. Er verstummt eine Weile, dabei schneidet er an der noch ungeöffneten Kaffeetüte herum. »Es ist ihr neuerdings zu weit, hier rauszufahren. Wenn sie da ist, betrinkt sie sich. In Urlaub fährt sie nicht mehr mit mir. Sie sucht Männerbekanntschaften, die Frau Doktor.«

Er fährt sich mit den großen Händen durchs Gesicht. Vielleicht, um sich zu vergewissern, daß dort keine Feuchtigkeit ist. Dann schlägt er mit der Faust auf den Tisch: »Sie verkraftet nicht, daß sie älter wird. Es ist nicht mal mein Alter, das ihr zu schaffen macht, sondern das eigene, über vierzig Jahre jünger als ich, aber das eigene ist es. Rennt in Fitness-Studios und läßt sich Fett absaugen, Spritzen, all das Zeug. Manchmal kriegt sie Schreikrämpfe, und ich soll sie trösten. Dann fährt sie wieder weg, und ich sehe sie tage-, wochenlang nicht. Sie beschimpft mich. Ich nehme es ihr nicht übel, wenn sie betrunken ist. Aber ich bin ein einsamer Mann geworden, völlig einsam. Das Leben interessiert mich nicht mehr. Was sie hinter dem Haus anstellen, erst recht nicht.«

Er versucht zu singen. Es geht schief. »Dazwischen rechnet sie sich tolle Chancen bei jungen Männern aus. Sie demütigt mich mehr als dieser wachsende Betonklotz es tut. Der ist mir egal. Ich habe mich nie lumpen lassen. Es zählt nicht mehr für sie. Sie ist zu Höherem erwählt, bis auf die Tage, wo sie auf Knien angekrochen kommt, ja auf Knien, am Boden zerstört, ein schrecklicher Anblick.« Er betrachtet gründlich sein Taschentuch. Wir kochen den Kaffee, wir decken den Tisch. Gadowski sieht uns gerührt zu.

Er ist nicht braun, er ist bleich, nicht muskulös, sondern hinfällig.

»Das hättet ihr nicht gedacht. Ich auch nicht. Sie läßt mich alten Mann im Stich.«

»Warum schmeißen Sie das Weib dann nicht wenigstens raus?«

Gadowski putzt sich lange die Nase, viel zu lange, er kann uns nicht täuschen. »Das geht nicht mehr.« Pause. »Es ist nicht mein Haus.« Man hört nur das Hämmern der Gerüstmontage. »Ich habe es ihr längst vollständig überschrieben. Da hängt nun auch noch die Mutter mit ihren invaliden mediterranen Liebhabern dran.« Keiner sagt etwas. »Ich hatte eben mit all dem niemals gerechnet.«

Als wir aufbrechen, hat er weder gegessen noch getrunken. Er klammert sich an die Türfassung: »Jetzt gehe ich gleich ins Bett. Dort bleibe ich bis morgen um die gleiche Zeit.« Er winkt bis zum Schluß vor dem Hintergrund seines finsteren, ehemaligen Hauses. Zum Abschied hat er vor sich hin gemurmelt: »Die Sonne Homers, nein, gute Tante, dem Gadowski lächelt die nicht, nicht mehr und nie wieder.«

»Eben doch«, sagt im Auto der heimliche Dichter, zur Zeit Putzfrau in einem Reinigungskommando, »gerade jetzt, vielleicht zum ersten Mal. Ein bekanntlich grausames Licht, wie das Lächeln des archaischen Apollon.« Wir sind zu zermürbt, um zu spotten. Ich weiß auch zu gut, wie dann, wenn man die Schutzkraft einer Liebe verloren hat, die lange außer acht gelassene Angst vor der Welt oder dem Tod von allen Seiten eindringen kann. Aber das ist wohl wieder ein anderer Fall als der von Gadowski, von unserm alten, auf Tröstung wartenden Gadowski in seinem öden Palast?

Wie schauerlich die Häuser an den Straßenrändern mit uns albernen Geschöpfen darin in der Unbarmherzigkeit unserer Lebensregungen! Ich sehe lieber den Asphalt vor uns an, grau, schnurgerade. Draußen ein Maiabend im hartherzigen Abendglanz, voller Mitgefühl und Weißdorn.

Das Tüpfelkleid

Ich »diene«, in eine unglückliche, ehemals kurzfristig glückliche Geschichte verstrickt, bei einer »Gräfin«. Sie legt großen Wert auf die Bezeichnung, oder nennt man es Würdentitel? Jedenfalls steht es an ihrem Klingelschild: »Gräfin A. von Plauen«. Das A. bedeutet angeblich Anastasia. Sie kürzt ab, weil der Vorname nicht vollständig mit aufs Schildchen paßt.

Als sie mich zum ersten Mal empfing, tat sie es in einem mandelgrünen leichten Strickkleid, eng. Wunderbar, nie werde ich es vergessen, zu dem dunkelroten Haar. Sie benutzte eine Zigarettenspitze aus Bernstein, die sie lässig schwenkte, als sie mir auf hohen Absätzen voran ins kleine Wohnzimmer schritt. Nach kurzer Zeit allerdings riß sie die Zigarette aus der Spitze und rauchte ohne sie weiter, verließ mich und kehrte kommentarlos in bequemen Schuhen zurück. Bin ich den Aufwand nicht wert?, dachte ich sofort beleidigt, denn damals war mein Selbstbewußtsein besonders wach und schwach. Es klingelte, sie blieb ein bißchen fort. Ich hörte nichts, ich sah, wie sich kleine Spinnen zwischen den Topfblumen hin- und herschwangen, ein Teil meines zukünftigen Arbeitsfeldes. Dann kam sie mit einem jungen Strolch ins Zimmer, dem sie, ohne uns einander vorzustellen, eine Tasse Kaffee einschenkte, wobei sie mit leicht zitternden Händen etwas verschüttete, auch dazu nichts sagte, und ihn bald mit einer Tafel Schokolade, die sie ein wenig tätschelte, um sie wertvoller zu machen, in einem frei erfundenen Jovialitätsdialekt sprechend, mit freundlicher Kernigkeit entließ.

Ich begriff schnell, daß ich mich an diese Art von Gastlichkeit würde gewöhnen müssen. Sie liebte die Armen, die Arbeitslosen, die Stadtstreicher und Hausierer. Wenn ihr Freunde wegen des Leichtsinns Vorwürfe machten, sagte sie stets, in der hohen Tonlage einer Verzogenen: »Bei der Gräfin von Plauen, da gibt's nichts zu klauen!« »Eben«, murmelten die Freunde, »eben. Und gerade deshalb werden sie dir eines Tages vor Wut den Kopf einschlagen.« Das hat bisher niemand getan. Sie ist auch im Laufe der Zeit etwas vorsichtiger geworden.

Inzwischen behauptet sie, die Gegenstände versteckten sich vor ihr und, schlimmer, die Handlungen ribbelten sich auf. Sie wolle eine Tür öffnen, einen Hut aufsetzen und plötzlich sei es schon passiert. Und umgekehrt: Sie habe es längst getan, und dann sei der Hut aber doch nicht auf ihrem Kopf. Macht nichts, sie hat ja mich. Ich putze hier schließlich nicht bloß die paar Fenster. Nur bin ich leider oft abgelenkt und dürfte es eigentlich nicht sein. Ich muß hier ständig zur Verfügung stehen, das ist die stillschweigende Abmachung. So oft wie möglich ziehe ich mich statt dessen auf die Toilette zurück und sehe dort inbrünstig ein bestimmtes Foto an.

Soll ich es Liebeskummer nennen?

»Es gibt«, sagt meine stolze Gräfin, wobei es mich aufreizt, daß sie so tut, als wüßte nur sie über die Dinge der Leidenschaft Bescheid, oder jedenfalls niemand so gut wie sie, »eine deutliche Grenze. Wenn man die übertreten hat, nimmt man Demütigungen in Kauf. Was zählen die plötzlich? Nicht viel. Man duldet nicht mehr die Oberfläche der Person als Geschäftsform wie bei Freunden. Der Anker ist in die Brust geworfen und sitzt fest. Halten wir uns also immer möglichst an die klugen Geschäftsformen. Allerdings, der herrliche Schwung im Leben, na ja ...« Sie versinkt in Gedanken, sie summt. Die Gräfin ist eine alte Frau: »... der herrliche, herrliche Schwung, ade!«

Ich will das noch immer nicht richtig wahrhaben. Seit jenem Antrittsbesuch betrachte ich sie mit Strenge. Schließlich hat sie dort selbst die Maßstäbe gesetzt. Später stieß sie einmal zornig hervor, schlug auch wahrhaftig mit der Faust auf den Tisch: »Nichts ist besser, als wenn man jemandem wirklich helfen konnte!« Aber warum trat sie gegen ein Stuhlbein dabei?

Es gibt hier eine Katze. Nach der Jagd genießt sie die vollkommene Erschlaffung. Knochenlos liegt sie auf unserem Schoß, schmilzt, bis sie als ein Seidenlappen, ohne die geringste Sorge um ihren Zusammenhalt, zwischen unseren Fingern hängt. Unsereins dagegen, wenn es einen richtig packt, weiß nicht mehr, wo man aufhört und wo man anfängt. Auch das natürlich kann man goutieren, nur schnellt man nicht unbedingt so sicher in sich zusammen, wenn es darauf ankommt, bei Schock, Schrecken und Gefahr, wie das Tier es tut. Wir Frauen, die Gräfin, ich, müssen auf der Hut sein.

»Und sei es der beste Freund«, orakelt sie, »sobald Sie beim Abschied eine Spur zu heftig erwähnen, er solle bald wiederkommen, fängt er an, Sie ein bißchen zu verachten. Sie müssen immer, leider immer auf der Hut sein.« Zu dieser Warnung passen gut die hohen Absätze und das enge Mandelgrüne.

»Man fällt im Leben eben auf die Nase«, sagt sie, wobei wir niemals Indiskretionen austauschen. Wir wissen auch so, wovon die Rede ist. Währenddessen trenne ich vorsichtig die Gespinste zwischen den Blumen auf der Fensterbank und hole Staubfäden aus den Ecken, so, daß es sie nicht kränkt. Es passiert aber auch, daß sie herzlich lacht, wenn sie mitkriegt, wie gewaltig der Schmutz ist, den ich hinter ihren Büchern finde. »Wir beide haben heute gründlich sauber gemacht«, sagt sie zufrieden und spielt mit der Bernsteinspitze herum.

Bis heute weiß ich nicht, weshalb ich eigentlich bei ihr angestellt bin, vielleicht als Mädchen für alles, und das nicht schlecht bezahlt, wenn man die aktuellen Tarife bedenkt. Es gibt eine einzige Sache, die für mich spricht. Das behauptete sie jedenfalls. Ich benutze nicht die in meiner Generation üblichen Paßwörter, mit dem Risiko, für verschroben gehalten zu werden. Der Haß auf den Zwang, sich durch solche trügerischen Manifestationen der Unbekümmertheit als erfolgreich soziales Wesen zu erweisen, verbindet uns. Einmal habe ich mir ein Herz gefaßt und unbarmherzig gegen sie und mich selbst gefragt: »Sie sehen sich als Einzelgängerin? Worin unterscheiden Sie sich denn im Wesentlichen von den Vielen?« Sie stutzte, sie zuckte zusammen, ich schämte mich. »Es ist eher ein Gefühl«, sagte sie schließlich sehr leise, nach innen gekehrt.

Tatsächlich aber gibt es noch ein zweites Bindeglied, das allerdings für ein ständiges gegenseitiges Belauern sorgt. Ich weiß es erst seit jenem Fest in ihrem kleinen Wohnzimmer, bei dem ich mich verspätet hatte und schon an der Eingangstür eine wohlbekannte Stimme hörte. »... hat sich, die schon länger Ungute, zur Aga-

Aga-Kröte nicht nur des Literatur-, sondern mittlerweile des ganzen Kulturbetriebs gemausert.« Man lachte, man protestierte, ebenfalls lachend. Ich war sofort zwischen Fluchtinstinkt und Begierde hin- und hergerissen. Andere Sätze, diesmal von Frauen, wurden gesagt, zwei, nein drei von ihnen waren in der letzten Zeit mehrfach in meiner Gegenwart gefallen: »Ein Haus verträgt nur ein einziges Genie.« »Ich habe da ein schokoladenbraunes Fräulein, das mir beim Saubermachen hilft.« »Die Welt teilt sich in Winner und Loser.« Ein Wunder? Die neueste Mode? Jedenfalls immer vorgetragen wie ein höchst persönliches Geständnis. Durfte man das komisch finden? Dann kam wieder die vertraute Stimme: »Seit meine Nachbarn wissen, daß ich Schriftsteller bin, schenken sie mir regelmäßig Lesezeichen.« Das akustische Signal für ungläubige Verblüffung jedoch lautete momentan: »Menschmenschmensch!« und »Nein!! Nein!! Nein!!«, beides mußte sehr schnell gesprochen werden, das erste seufzend, wie nach innen gestaunt, das zweite abgehackt, in panischer Abwehr von so viel die Fassungskraft sprengendem Unverhofftem oder Undenkbarem. Nur dann machte man es richtig und dem Erzählenden das ihm zustehende Kompliment.

Die Gräfin stellte mich offenbar ahnungslos einem Mann vor, genaugenommen meiner »unglücklichen Geschichte«. Seinetwegen hatte ich schließlich, halb verwahrlost vor Kummer, meine schöne Stelle in der Stadtbücherei verloren.

Einmal, lange davor, längere Zeit nach unserer Trennung, geschah das Wunder: Ich traf ihn auf einem Bahnsteig. Ich sah hierhin und dorthin, während ich drauflosredete, um mich nicht zu verraten. Aber dann hatte ich plötzlich ganz vergessen, daß ich ja nur umsteigen wollte! Mein Verbindungszug war längst abgefahren! Ich wußte nur noch so eben, wohin ich wollte, weiter nichts mehr. Daraufhin lächelte er mich an, als hätte ich einen schwarzen Flecken irgendwo im Gesicht. Schnell ging ich weg, spielte ihm heldenhaft und denkbar schlecht mit letzter Kraft trotzdem große Eile vor, liebte ihn aber nur noch mehr in meiner Beschämung.

Er tat jetzt, auf dem Fest, überrascht, sagte: »Menschmenschmensch!«, ich dagegen war es wirklich, von Kopf bis Fuß. Spielte mir jemand einen Streich? Was wußte man hier aus meinem Lebenslauf? Ich hatte damit gerechnet, ihn vielleicht nie im Leben wiederzusehen und begrüßte ihn jetzt, um nicht gleich die Übersicht zu verlieren, mühsam fürs erste nur flüchtig, wie anderweitig stark beschäftigt, hoffte aber natürlich gleichzeitig, damit nicht bei ihm durchzukommen. Ich wollte nur eine Gnadenfrist, vielmehr den noch ungetrübten Genuß der Vorfreude. Denn die Trübung, die wäre unvermeidlich, eine Tradition bei uns.

Was aber war mit meiner Gräfin los?

Übrigens ist es nicht so, daß ich nur aus lauter Liebe und Liebesträumerei bestehe. Ich habe mich in mancherlei Tätigkeiten bewährt, ich interessiere mich hin und wieder leidenschaftlich für Kriegspolitik und Wirtschaftsfragen. Nur ohne das gewisse Zentrum, die Liebeskernfrage, taugte ich noch nie, in meinem ganzen Leben nicht, ich meine, wenn die zerrüttet war oder, noch viel ärger: fehlte.

Im Flur fiel mir, klassisch, prompt ein Glas aus der

Hand, ich verletzte mich, als ich es auffangen wollte, am Daumen. Das Blut wurde mir zufällig von dem abgewischt, vor dem ich ausgerissen war. Er lachte die Wunde an und sagte: »Wie typisch!« Schon hatte ich verloren, nahm aber eine kleine Daunenfeder in seinem Schläfenhaar wahr und dachte, während meine Hand zuckte, stärker als das Federchen: Hoffentlich werde ich, bei so hohen Erwartungen an seine bösen Zauberkräfte, nicht enttäuscht, um Gottes willen nicht enttäuscht! Als ich hochsah, schienen alle Anwesenden zu wissen, daß ich mit meinem Sanitäter ein Verhältnis hatte oder zumindest gehabt hatte.

Ein Verhältnis! Ich nannte es selbst so, um mich zu beschwichtigen, wußte aber, daß es für mich viel verheerender war als etwas derart scharf Datierbares. Andererseits dachte ich kühl, während sich mir, als ich so nah und privat seine Stimme hörte, vor Liebe der Magen umdrehte: Hoffentlich wird er meinen Ansprüchen standhalten, nachdem ich so viel Glanz und Gloria um ihn gebreitet habe, seit wir voneinander weggegangen sind.

Was war mit der Gräfin los? Ich bin nicht sicher, was mich an dem Abend mehr bestürzt hat, ihr Aufzug oder das Auftauchen meines Unglücksmannes. Beides zusammen war zuviel.

Es hatte schon früher einmal, ziemlich bald nach meinem Antrittsbesuch, ein Fest in ihrem kleinen Wohnzimmer gegeben. Alle Männer küßten der »lieben Anastasia« die Hand. Sie sah dem, in ihrem schwarzen schmalen Kleid, merkwürdig trocken zu. Bei jeder Begrüßung schien sie zu fragen: Was soll der Unfug? Mir kam der ungeheuerliche Einfall, daß sie all diese Leute nur eingeladen hatte, um sie sich als Tote vorzustellen. Immer die schweigende Frage: Kommt dieses Hallo und Theater, kommt dieser fröhliche Abend gegen den Tod an? Sie beobachtete ihre Gäste mit einem schwermütigen Staunen, das beinahe ringsum die Stimmung verdorben hätte, sie betrachtete die Amüsierwilligen so offensichtlich ungläubig, so augenscheinlich darüber rätselnd, wie die sich dermaßen uneinsichtig freuen konnten angesichts der ohne Unterlaß an ihnen feilenden Vergänglichkeit. Damals begann ich zu ahnen, daß sie sich bei allem das Ende vorstellte, bei jeder kleinsten Freude. Morgens, mittags, nachts glotzte der schwarze Abgrund durch die Dinge hindurch, hauchte sie an mit zukünftigem Gruftatem. Wir sprachen nicht darüber, aber unsere Augen begegneten sich einige Male an jenem Abend.

Nach diesem Fest schien sie schneller zu altern. Einmal, wenig später, sah ich sie durch eine halb offen stehende Tür zum ersten Mal in regelrechten Hausschuhen, hoch bis zu den Knöcheln aus kariertem Filz. Ich hatte gar nicht gewußt, daß so etwas noch existierte. Sie wiegte sich mit geschlossenen Augen von einem Fuß auf den anderen und summte, ganz für sich, einen Walzer, hob auch die Arme, als gäbe es einen schönen jungen Tänzer für sie. Verschiedene Gefühlsregungen glitten über ihr Gesicht. Sie konnte sie in diesem Moment nicht mehr auseinander- und nicht festhalten. Ihr waren wohl auch Geometrie und Algebra dasselbe geworden und Chemie und Physik.

Das blieben nur Anflüge. Aber warum bedrückten sie mich so? Die Katze trug manchmal zwischen ihren Ohren gerunzeltes Fell. Plötzlich sprang es mir ins

Auge: Sie legte ihren Stirnpelz grüblerisch oder bekümmert, das konnte man von oben nicht unterscheiden, in Falten. Ich hatte das noch nie vorher an einem solchen Tier bemerkt. Selbst die Katze also!

Seit diesem ersten Fest nahm die Gräfin von Plauen auch eine Gewohnheit an, die mich beunruhigte. Sie kochte immer noch erfinderisch und präzise, auch mit erstaunlicher Geduld, die sonst nicht gerade ihre Haupttugend war und ließ nur spöttisch und sehr selten zu, daß ich mich an ihrem Herd versuchte, was prompt jedesmal danebenging. Sie bemühte sich dann durchaus nicht, über meinen Mißerfolg hinwegzutäuschen. Jetzt aber matschte sie, kaum daß sich das von ihr so kundig zubereitete Essen auf ihrem Teller befand, das Zeug wie überdrüssig zu einem Brei zusammen, mit einer wahren Wollust des Vernichtens. Auch verdutzte mich, wie gut sie die zwei vollen Gläser Wein vertrug, die sie dazu trank, selbst drei.

Sie spürt wohl meine Verblüffung, die mir als ihre »Dienerin« gar nicht zusteht. In ihrer eigenen Wohnung geht sie, wenn ich Dienst bei ihr tue, heimlich an die Schränke und nimmt, vielleicht nur um meine, allerdings erwünschte und bezahlte, Anwesenheit zu ertragen, kräftige Schlücke aus den darin verborgenen Sherry- und Cognacflaschen. Ihre Blicke selbst, die grünen, treffen mich ab und zu, als sähe sie mich aus der sanften Tiefe eines unpersönlichen Meeresgrundes an.

Einmal, knapp vor dem zweiten Fest, stand sie im kleinen Wohnzimmer zwischen den stets üppigen, wenn ich nicht aufpasse, verwelkten Blumensträußen, die in letzter Zeit allerdings zunehmend künstliche, wenn auch sehr schön entworfene sind, stand da mit dem Rücken zu mir und breitete die Arme aus. Dabei wiegte sie sich vorsichtig hin und her und sang den Anfang eines Operettenzigeunerliedes. War es nicht aus »Gräfin Mariza«? Sie dehnte das Wort ›Geige‹ so sehnsüchtig, daß ich, in meinem Ungenügen, sie trösten zu können, mir einen Moment lang heiß wünschte, ein Mann zu sein, der sie erfreuen und küssen würde. Dabei sollte ich mich lieber um »meine unglückliche Geschichte« entweder kümmern oder sie auslöschen. Ich wechselte in meiner Sorge um beide von der einen Angelegenheit zur anderen, von der Gräfin zum Foto und zurück.

Dann kam der Abend mit dem Mann und dem Tüpfelkleid! Die eine Begegnung war so fatal wie die andere. Punkte sind in diesem Jahr groß in Mode, ich weiß. Dagegen ist auch nichts zu sagen. Aber müssen es dikke blaue auf weißem Grund sein und das auf einem Glockenrock mit kurzem Oberteil? Die Gräfin hatte sich einen alten Traum erfüllt, viel zu spät, das sah jeder und schüttelte wohl verstohlen den Kopf. Es war unbegreiflich, wie ausgerechnet sie sich das antun konnte. Empfing die Gäste ganz ohne Ironie in einem Kinder-, in einem Kleinmädchentraum! Das Kleid randalierte geradezu, gondelte in der kleinen Wohnung umher und machte die darin steckende, irregeleitete Gräfin selig. Sie ging gesprenkelt, hüpfte wie ein Apfelschimmel auf der Weide. Den Gästen stockte der Atem angesichts ihres törichten, die Gesellschaft anpöbelnden Glücks.

Die Gräfin verbrachte den gesamten Abend lächelnd. Mir, mit meiner kleinen Fingerwunde und ernsteren Behelligungen durch mich selbst, war nicht danach zumute. Gleich am nächsten Tag zeigte sie mir deutlich, daß sie meine Mißbilligung durch den Schutzwall ihres Tüpfelrausches sehr wohl bemerkt hatte. Was man an Blicken alles feststellen kann! Hatte etwa auch, ach, ich bin sicher, der bewußte, unerwartet Aufgetauchte, unverhofft wieder Entschlüpfte, folgenreich unter meiner sympathisch blöden Befangenheit das strenge Vergleichen zwischen ihm in der Realität und meinem in der Einsamkeit gereiften Entwurf gespürt?

Sie, die Gräfin Anastasia, leckte an jenem Tag nach dem Fest, und schielte mich dabei schadenfroh von unten her an, mit ruckartig und weit herausgereckter Zunge, als wir einen kleinen Imbiß zu uns nahmen, nach höchst manierlichem Speisen wie ein sitzender Hund den plötzlich hochgerissenen Teller ab! Holte regelrecht aus mit der Zunge und brauchte mindestens vier Züge dazu, lachte mich jedesmal dazwischen höhnisch über dem Horizont des Tellerrandes auftauchend an, las mir die Qual über ihre Entgleisung vom Gesicht ab und fühlte sich angespornt, es noch immer zerstörerischer zu treiben.

»Wissen Sie eigentlich«, sagte sie und lehnte sich behaglich zurück, »wissen Sie, daß ich früher regelmäßig in Warenhäusern geklaut habe? Handschuhe, Schals, Modeschmuck. Einmal sah ein Stück Strumpfhalter unter dem Pullover hervor. Ich habe die Blicke der Verkäuferinnen noch gerade rechtzeitig bemerkt, bin schnell zum Aufzug gerannt und konnte mich im Gedränge draußen verflüchtigen. Es ist sogar zu einem sehr privaten Abkommen mit einem Hausdetektiv gekommen. Fragen Sie nicht! Er war wissenschaftlich interessiert, wollte ein Buch über Diebinnen schreiben. Forschte mich nach meinen Motiven aus und ließ mich dafür laufen. Erst mußte ich ihm hoch und heilig versprechen, nie wieder rückfällig zu werden, dann haben wir das Protokoll ritsch ratsch gemeinsam in seinem Büro zerrissen. Bei mir handelte es sich um reine Abenteuerlust. Es reizte mich eben. Die Gräfin von Plauen liebte das Klauen. Die Gräfin Anastasia war einstmals scharfer Paprika! Ich habe mein Versprechen übrigens gehalten. Sozusagen, weil Adel verpflichtet.«

»Gräfin!« stammelte ich, stotterte ich vor Überraschung.

»Gräfin? Sind Sie nicht auch eine letzten Endes?« gab sie, an der Nase und den Mundwinkeln braun bekleckert, zurück. Am selben Abend weigerte sie sich, einen Brief zu unterzeichnen, den ich nach ihrem Diktat an ihren einzigen Sohn geschrieben hatte. Er arbeitet an einem Naturschutzprojekt in Neuseeland. »Ohne Ihre Unterschrift«, sagte ich, »ist dieser Brief für ihn bestimmt nur halb so viel wert, so weit weg, in der Ferne, da unten, wo alles andersherum geht und steht.« Sie schüttelte den Kopf. Als ich sie mit viel Schmeichelei doch noch überredet hatte, nahm sie den Kugelschreiber in ihre Hand, als müßte sie ein letztes Mal in ihrem Leben für diesen Akt allen Mut sammeln.

Ich beginne, über diesen Veränderungen meiner Gräfin die »unglückliche Geschichte« zu vergessen. Heute fing sie an, die Augen meeresgrundfarben verschleiert, von jenem ersten Fest zu erzählen. Sie wußte offenbar nicht mehr, daß ich dort auch schon Gast gewesen war. »Ein betäubend schönes, strahlendes Ereignis war das damals, ein unwiederholbar glänzender Abend.« Ich habe ihr, damit sie nicht so wehmütig von einer ganz anders beschaffenen Vergangenheit redete, heftig widersprochen. Müssen sich denn die Leute, unbelehrbare Dummköpfe, auf Biegen und Brechen, wie bei der Erinnerung an ihre Jugend, immer Legenden zusammenlügen, womöglich guten Glaubens, aber zu ihrem Verderben, was ihre Gegenwart betrifft? »Sie sind, ganz falsch, sehr traurig gewesen, viel trauriger als auf dem letzten Fest. Für Sie war es gerade nichts Grandioses, keine Feier des Lebens, gerade nicht!«

Sie sah mich nur groß an, als wäre ich ein siebenköpfiges Monstrum, ein mit Mühe Gestalt gewordener Begriff.

Ich kämpfe um die Gräfin mit einer Leidenschaft, dic mir selbst unverständlich ist. Vor einer Stunde haben wir einen Spaziergang gemacht, den sie zunächst ablehnte. Sie wollte nicht aus dem Haus, keinen Meter. Ich habe sie beinahe gezwungen mit Hinweisen auf ihre Gesundheit und die schöne Abendluft. Sie solle ruhig an meinem Arm und in ihren bequemsten Schuhen gehen. Draußen erkannte sie den unvergleichlichen Lindenduft schneller als ich. »Ach, die Linden!« sagte sie leise, »die Linden, die Linden, noch einmal die Linden!« Das Tüpfelkleid habe sie schon verschenkt, an eine Obdachlose heute morgen an der Tür. Bei jeder Straßenkreuzung versuchte sie, unauffällig den Heimweg einzuleiten. Ich tat, als merkte ich es gar nicht, bis ich ihr ins Gesicht sah.

Zu Hause zog ich ihr behutsam die Schuhe aus, um die, wie ich erschrocken feststellte, blutenden Füße zu behandeln. Sie muß bei jedem Schritt große Schmerzen gespürt haben, bis sie es nicht mehr ertragen konnte. Das habe ich niemals gewollt! Ich knie jetzt vor ihr, beuge mich tief über ihre armen Zehen und schäme mich unter den müden Blicken meiner Gräfin. Sobald ich sie ihr verbunden habe, werde ich, um mich zu bestrafen, meine Andachtsfotos, um Reue zu zeigen, ritsch ratsch, um Buße zu üben, zerreißen, wie sie einstmals die unterschriebene Anzeige, und um es ihr gleichzutun, des Rechercheurs.

Der letzte Mann

Es war nicht ein unberechenbar aufsteigender Geruch aus der Kindheit, es war nur der Name. Dabei habe ich ihn jetzt schon wieder vergessen, wie ich das lange vorher getan hatte, nicht Rita Hayworth etwa, keine der beiden Hepburns und nicht Bette Davies. Die nicht, aber es handelte sich um eine Größe ihrer Art, ich komme nur wieder nicht drauf. Die anderen fallen mir ein, diese eine Unglückliche nicht.

Ihr erster Mann, las mir meine Mutter, als ich noch nicht dazu in der Lage war, aus der Zeitung vor, hat sie als vorüberschlendernder Fremder am Strand höflich nach der Uhrzeit gefragt. Sie trug keine Uhr bei sich und wußte ihm also nicht zu helfen. Am zweiten Tag bat er sie vorüberschlendernd höflich um eine Zigarette. Sie hatte sich gerade die letzte selbst angezündet und mußte ihn also enttäuschen. Am dritten Tag lud er sie herbeischlendernd höflich ein, seine Frau zu werden. Da brachte sie es nicht übers Herz, noch einmal abzusagen.

Viele Jahre danach las ich meiner Mutter, die es selbst nicht mehr konnte, aus einer alten, auf dem Boden wiedergefundenen Illustrierten vor, daß diese selbe Schauspielerin sich mit ihrem Mann, dem siebten inzwischen, einem Lastwagenfahrer, und neun Katzen in ihre riesige Villa zurückgezogen habe, verbarrikadiert vor dem bizarren Optimismus ihres Landes und einer Welt, die sie nicht mehr ertrage, die Verelendung der Tiere, das ununterbrochene Gellen und Raunen von Katastrophen, die Siege der gut frisierten, der listigen und brutalen, privaten und staatlichen Raubmenschen mit ihren Visagen wie Hinterbacken und mittendrin die schwarzen Lügenmäuler, die Vernichtung der Schönheit und die Vergeblichkeit aller Anstrengungen zum Guten.

Während sie doch, dachte ich, bei Ehemann vier bis sechs vielleicht noch immer ein fast spirituelles Vergnügen daraus gezogen hatte, sich von ihrem Frisör zwingen zu lassen, wegen des Haarschneidens Stück für Stück ihren Schmuck abzulegen und dabei die Leiden der Welt zu bedenken.

Sie könne selbst diesen siebten Mann (»Freu dich doch, daß du zu essen hast!« sage er oft zu ihr, um sie aufzuheitern. Er stamme ja aus einem der ärmsten Viertel New Yorks), der ihre ganz große Liebe sei, nicht lieben, wenn sie das alles nicht aussperre, habe sie erklärt, es zerfetze ihr sonst das Herz. »Zerfetze« hieß es tatsächlich in der deutschen Übersetzung.

Wenig später, wir erinnerten uns schwach, wurde von ihrem Selbstmord berichtet. Ich entdeckte im selben Stapel die Fortsetzung. Der siebente Mann, der sie einen Tag vorher verlassen hatte, wußte es sich nicht zu erklären, konnte sich auch nicht denken, wie sie an die Tabletten gekommen sei. Das Leben mit ihr, immer hinter heruntergezogenen Jalousien, bis zum Mittag erzwungenermaßen zu zweit im Bett und am frühen Abend schon wieder, mit allen Katzen auf der Frau, bis aufs Gesicht von Katzen bedeckt, diese Frau, alte Spielfilme, aber niemals Nachrichten im TV und selbstverständlich Alkohol in Strömen, dieses Leben sei nicht mehr für ihn zu ertragen gewesen. Er sei ein Mann, eben und nur: ein Mann.

Das leidenschaftliche Stilliegen im Bett, der Horizont beschränkt und gepolstert, die Haut im dicken Schutz von Decken, Daunen, Dunkel. Das Dösen und die Schläfrigkeit in der allerbesten Umhüllung, nicht weit die Stimmen der Verantwortlichen, die Schlaftiere ganz in der Nähe, wegträumen, gut aufgehoben hinaustreiben, sehr weit fort: Da wußte ich es wieder.

Die Putzfrau des Präsidenten

Seine Putzfrau bin ich in Wirklichkeit nicht, bin ich natürlich nicht!

Obschon ich mit meinem Kittel und den Gummihandschuhen, weiß Gott kein Zufall, zu diesen Goldohrringen und dem Sonnenstudioanstrich perfekt danach aussehe. Der Präsident haut mir auch jedesmal auf den Hintern, wenn ich in seine Reichweite komme. Es ist meine Aufgabe, ihm möglichst oft ganz zufällig meine stattliche Rückenansicht zu diesem Zweck hinzuhalten. Ich weiß, daß er hinter seiner Zeitung lauert, und kichere dann, als dürfte seine Frau von unserer Schäkerei nichts wissen.

In Wahrheit bin ich selbst ja seine Frau!

Je weniger ich es mir anmerken lasse, desto glücklicher mache ich ihn. Insofern ist es Theater für einen guten Zweck. Dabei spiele ich selbst nämlich eine Person, die er dadurch, daß ich bei ihm angestellt sein darf in so privater Nähe – eine Vertrauensposition, denn er ist ja tatsächlich Präsident, wenn auch im Ruhestand –, mit Glück und Ehre überhäuft hat. Angeblich habe ich in einem seiner Kriege meinen einzigen Sohn verloren. Er starb unter schrecklichen Umständen und das in großer Tapferkeit, wie die Kameraden bezeugen. Dafür, als Dank und zu meinem Trost, das hat sich der Gute ausgedacht, bin ich durch ihn von einer Supermarktputzfrau zu dieser Höhe erhoben worden. Die Vorstellung schenkt meinem Mann, Präsident im Ruhestand, Kuscheligkeit, Geborgenheit, das und das Klatschen auf meinen geduldigen und verschwiegenen, ganz und gar unfeministischen Putzfrauenarsch. Obendrein erhöht sein Vergnügen, daß er sich einbildet, wenn er zukneift, diesem »pervers militanten Weibermob« (er unter vier Augen über die Frauenkämpferinnen), eins auszuwischen. Gegen weibliche Soldaten hat er nichts, nein, nein, so ist er ja nun nicht.

Eigentlich sind die einfachen Leute nicht sein Fall. Auf einem Foto drückt er einen kleinen osteuropäischen Staatspräsidenten, der früher ein berühmter Schriftsteller war und gerade eine Freiheitsmedaille umhängen hat, mit unbewegtem Gesicht an seine Brust, als handelte es sich um einen betrunkenen Obdachlosen. Hier aber, wo zuverlässig ich, seine Frau Millie, jederzeit hinter der Putzfrau mit dem Wischtuch stecke, gefällt ihm unsere Performance sehr. Warum sollte ich ihm nicht die Freude machen, jetzt, wo er im Rollstuhl lebt, natürlich nicht wegen einer Kriegsverletzung, um Gottes willen, nur ein unglücklicher Privatsturz hat ihn dahin gebracht, in Verbindung allerdings mit einem Schlaganfall. Was ihn aber letztlich wirklich geknickt hat, dem noch in den schlimmsten Krisen der Schalk im Nacken beziehungsweise in diesen unentwegt lausbübischen Augen sitzt, war ein Spruch des Obersten Gerichts, der sein Recht beschränkt, ungehindert Krieg zu führen. »Der Pa- Patriotismus, hehe!« ruft er gerade. Er stottert inzwischen, und es wird trotz des Logopädenstabs nicht besser. »Haha, der Pa-pa-patriotismus!« stammelt er, mit einem Gesichtsausdruck, als würde er einem Dummkopf einen Streich spielen. Ich kenne das, es beunruhigt mich nicht mehr.

Nur hat er sich jetzt dazu das Ende einer Schlangengurke auf die Stirn gedrückt, wo es haftenbleibt wie ein Kainszeichen. Merkwürdig, wenn ich ihn so ansehe, kommt es mir vor, als läge ein Strick um seinen Hals herum, fertig zum Strangulieren. Was soll ich dazu sagen? Schrecklich, ganz furchtbar, solche Todesstrafen, nicht wahr? Wo bleibt nur die Gerechtigkeit?

Er ißt viel Rohkost, schneidet sich das Gemüse auf dem Rollstuhltablett selbst klein und richtet es sich auch selbst mit Essig und Öl, Salz und Pfeffer an, darauf besteht er. Außerdem beschäftigt es ihn, das Gemüse in viele Stücke zu zerlegen und strategisch anzuordnen. Die Gurkenenden sind die Generäle. Zu Beginn hat mir der traurige Anblick weh getan. Früher konnte er so verschmitzt aussehen, wenn er von Flugzeugträgern und Panzern aus seine Jungs (das sind jetzt die Möhrenscheiben) in heiße Krisengebiete schickte, und niemand konnte das Wort »fantastisch« für alles, selbst für Trostloses, ansteckender verwenden. Aber was soll ich deswegen heute Trübsal blasen? Nur dieses grüne Gurkenhorn auf der Stirn, das ertrage ich nicht. Das muß weg.

Glücklicherweise gibt es in diesem Zimmer eine Unmenge von Gegenständen. Möbel, Erinnerungsstücke, Pokale. Ich, als Frau des Präsidenten, nun ja, habe dafür gesorgt, daß es noch mehr wurden, denn ich brauche Vorwände, um hier rumzuwischen, stundenlang umherzuwieseln mit dem Staubtuch. Meine Anwesenheit muß für uns beide unbedingt notwendig wirken, sonst ist der Spaß vorbei. Ab und zu, wenn es wieder losgeht mit »Das Kräkrä-Kräftespiel der Weltpopopolitik« verstecke ich mich hinter einem Sessel, weil ich das nicht immer und immer hören kann, dieses »Mama-Macht am Persischen Gogo-Golf«, diese »Meine Kriege« (das kriegt er noch am flüssigsten raus), »die papa-patriotischen Kriege von Pappa«, ach, es ist herzzerreißend, ja zwar herzzerreißend, aber auch nervtötend, dieses »nuknuk- nukleare Option«, dieses »nana-nationale Interessen«, »Hehe-hegemoni-moni-monialmacht, oder, mit tiefem Schnaufer davor, auch ein sehr schwieriges Wort »Rüstungsindudu-dustrie«!

Das Gurkenhorn muß weg. Es könnte jemand hereinkommen, und so darf ihn keiner außer mir sehen. Ich werde es ihm wegnehmen. Warum fällt mir das so schwer, warum muß ich mir einen gewaltigen Ruck geben, um diesen kurzen Griff zu riskieren, obschon er doch mein hilfloser Mann, mein Baby ist mittlerweile? Weil ich heute gar nicht seine echte Frau bin.

Ich bin in Wirklichkeit die Putzfrau der Präsidentenfrau!

Er merkt es nicht, bisher nicht. Es hat sich so ergeben, daß ich das ab und zu mache. Die tatsächliche Millie braucht einfach mal Erholung, benötigt zwischendurch ein bißchen nette, muskuläre Abwechslung wie wir alle, ein kleines Auswärtsspiel in Verkleidung, einen netten, muskulösen Mann. Im Notfall wird sich ihr Liebhaber als mein Sohn herausstellen, der mir hier hausmeisterlich bei der Arbeit hilft. Ich darf ja, wenn was rauskommt, einen lebendigen haben, sie, Millie, als falsche Putzfrau natürlich nicht, ihrer muß ja gefallen sein. Das ist so doch richtig?

So, es war ganz einfach. Mit einem Schwung habe ich ihm das Horn abgerissen. Er hat daraufhin herzlich gelacht. Wenn ich mich nicht täusche, sogar ein bißchen verschwörerisch und mir dabei sehr zärtlich, als Belohnung oder Entschädigung, ich weiß es nicht, die Hüften befühlt. Als Ehemann ist es sein Recht, als Ehemann einer Ehefrau, die Putzfrau spielt, ebenfalls. Aber ich hatte plötzlich das Gefühl, daß er genau weiß, daß ich nicht seine Ehefrau bin und daß es ihm diebischen Spaß macht, unter diesem Schutzschild das Beste aus der Lage rauszuholen. Und jetzt gibt er auch noch obendrein das Zeichen, von dem mir die Frau des Präsidenten erzählt hat, Daumen nach unten, das bedeutet, ich soll mir was ausziehen. Ich bin dafür von ihr präpariert worden.

Der Hintergrund davon ist der: Früher, zu seinen Glanzzeiten, wenn er ihr von den lange ins Auge gefaßten Kriegsvorbereitungen voller Optimismus Bericht erstattete, hatte er es am liebsten, wenn sie, schon müde auf der Bettkante sitzend, ganz zerstreut mal dies, mal das auszog, aufmerksam lauschend, später manchmal in Strumpfhosen, aber noch mit einem Hut auf dem Kopf und so weiter. Das seien ihre schönsten, vertraulichsten Ehestunden gewesen. Jetzt, wenn er mit Möhren und Gurken in den Krieg ziehe, seien das für ihn süße Reminiszenzen. Verlange ihn danach, sei es ein Zeichen bester Laune.

Ob es ihm reicht, wenn ich die Schuhe fallen lasse? Die Frau des Präsidenten hat mir versichert, alles bleibe im Bereich des Harmlosen. Hoffentlich ist sie bald mit ihrem Rendezvous fertig, damit wir die Rollen tauschen können. Mir ist das heute etwas kitzlig. Er ist ja nicht zufrieden mit dem Ausziehen der Schuhe. »Mein Sieg, mein Krieg« schreit er und hält mit tückischem Schmunzeln wieder den Daumen runter. Also ziehe ich die Bluse aus und lasse aber die Gummihandschuhe an. Das ist es. Das ist sein Geschmack! Ich habe die Lektion richtig verstanden. Er strahlt und gibt Ruhe. Nach so viel Turbulenz fallen ihm erschöpft die Augen zu. Ich darf mich hinter das Sofa zum Abstauben der Fußleisten verschleichen.

Hier kann ich mich ein bißchen von ihm und meiner Vertrauensstellung erholen. Es bleibt ganz still da drüben, als wäre er eingeschlafen oder tot. Ist das nun ein schöner Lebensabend? Ich glaube, ich bin auch deshalb für den Putzfrauposten ausgewählt worden, weil ich keinen direkten Angehörigen in einem seiner Kriege verloren habe, auch keine Einzelteile von ihnen. Von mir sind keine Rachegefühle zu befürchten. Fast ist er zu stumm, er redet doch sonst immer ein bißchen vor sich hin, sagt meine Chefin, auch wenn er sie nicht im Gesichtsfeld hat.

Da, er macht sich Notizen! Vielleicht kritzelt er nur albernes Zeug, aber so sieht es eigentlich nicht aus. Etwas stimmt hier nicht, er ist mir zu konzentriert, zu gestrafft auf einmal. Zur Lösung von Kreuzworträtseln reicht es doch längst nicht mehr. Aber was macht er dann? Notiert Zahlen? Der ist ja wie ausgewechselt, jetzt, wo er mich nicht in seiner Nähe hat! Etwas ist faul.

Mein Gott, was sage ich dazu, das scheint ja hohe und höchste Politik in diesem Ruhestandswohnzimmer zu sein:

Denn das ist doch gar nicht der Präsident!

Und ich blindes Huhn bin drauf reingefallen. Bloß schnell die Bluse zu! Der echte hat sich von seinen alten Bodyguard-Kumpeln austauschen lassen, der wird gedoubelt! Der ist wie seine Präsidentenfrau beim Seitensprung. Seine Helfer werden schon irgendwie hinkriegen, daß das funktioniert, wie auch immer. Möchte nicht das Mädchen sein und auch nicht zusehen müssen. Dieser hier, der falsche Präsident, langweilt sich und könnte, wenn er wollte, sofort auf die Beine springen. Vermutlich ist er sich nicht sicher, ob ich eigentlich echt oder falsch bin, wie ich es andersherum von ihm nicht hundertprozentig weiß, auch nicht, wieviel er überhaupt ahnt. Wir sind beide tadellos geschult worden für unseren Job, und vielleicht bloß heute zum ersten Mal durch Fehlplanung aufeinandergestoßen.

Jetzt fängt er wieder an zu stottern, aber diesmal schlimmer, das heißt eigentlich: besser, dem Präsidenten ähnlicher als eben. Er kriegt und kriegt das Wort nicht raus. Kann das ein Scherz sein? Wie er da in dem vermutlich echten Rollstuhl sitzt und mit rotangelaufenem Kopf würgt. Ich muß mich wohl zeigen. Vorsichtig, aus der Ferne. Wie er den Mund spitzt zu einem in die Länge gezogenen O, aber weiter kommt das arme Scheusal einfach nicht. Mein Gott, dieses Keuchen. Was tu ich bloß, er strengt sich an, daß man fürchtet, er könnte, so ächzend und stöhnend, einen Herzanfall kriegen. Oder will mir die Kopie bloß einen Streich spielen und mich auf die Probe stellen? Gleich wird dem hier der Kopf platzen. Es muß doch der echte sein! Wie er mich anstarrt, als könnten die Augen das Wort rauspressen. Der Mund rund wie beim übergroßen Staunen. Er rüttelt wüst an den Seitenlehnen, auf so was bin ich nicht vorbereitet worden. Dann das wilde Zeigen auf eine der Marinadeflaschen für den Gurken-Möhrensalat, als wäre eine wichtige

Medizin da drinnen, als hinge sein Leben daran. Nun packt er sie, hält sie mir entgegen in schrecklicher Dringlichkeit. Fast fürchte ich mich, aber es hilft nichts, ich muß endlich zu ihm hin.

»Idiot!«

Er hat mir in seiner Wut den Inhalt gegen die Bluse geschleudert. Die kann ich wegwerfen. Nun allerdings lächelt er geradezu selig. Ich habe einen Augenblick die Beherrschung verloren. Mußte ich, auch die Präsidentenfrau wäre hier aus der Haut gefahren. »Alles voll Öl, überall Öl«, rufe ich also zornig, halb echt, halb gespielt. Er nickt, er kichert. Dann schlürft er, ehe ich es verhindern kann, bei geschlossenen Augen den Rest der Flasche in einem Zug. Kein anderer soll den Inhalt kriegen. Es kann nicht mehr viel gewesen sein, aber Lippen und Kinn glänzen, die gesamte untere Gesichtshälfte glänzt. »Millie«, sagt er. »Millie ... Lilli ...« Damit hat er sich verraten! Das Wort »Militärschlag« hat der echte Präsident und Gatte von Millie bisher jedesmal tadellos herausgebracht.

»Sind Sie es, Herr Präsident?« frage ich flüsternd. Er lacht. Er nimmt die falschen Zähne raus und zeigt mit dem Daumen nach unten.

Das sind so Tagträumereien, wenn ich müßiggängerisch ins Grüne starre. Da! »Rita!« Man ruft und reißt mich aus meinen Geschmacklosigkeiten.

Das Rind

In der leider nahen Fensterecke eines etwas dunklen, aber zur Zeit sehr in Mode gekommenen Lokals erkannte ich die junge Kuh wieder. Hier saß sie einem Mann gegenüber, den ich für einen Italiener hielt. Zwei Tage vorher hatte ich sie bei Herrn Simonis, meinem Friseur, gesehen. In seinem Salon ist man darauf spezialisiert, solche Rinder mit Mähnen auszustatten, daß Unkundigen Hören und Sehen vergeht. Seine ganze Mannschaft diskutiert Ton und Stufung der Farbe, mit Metallblättern und engen Gummihauben werden die verblüffendsten Rot- und Blondeffekte erzielt. Das aber ist noch gar nichts gegen das eigentliche Verlängern der Haare, ein akribischer Knüpfvorgang, und das Verdicken, eine Prozedur, die ich nicht durchschaue. Das Ergebnis sind herrliche Sturzfluten, die jede gemalte Eva im Paradies, jede Genoveva im Wald übertreffen. Es gehört unbedingt dazu, anschließend die teuer mit Zeit und Geld bezahlte Pracht aber hin- und herzuwerfen, als wär's eine ungerufene Gabe der Natur (eine Last geradezu, jedoch, was soll man machen? Man hat sie nun mal, wenn es auch eine Plage ist!). Die junge Kuh am Zweiertisch beherrschte das meisterlich. Der Italiener glaubte ihr jede Geste, hielt alles für verblüffende Natur, das sah man.

Herrn Simonis, den Friseur, kenne ich seit vielen Jahren. Er selbst, scheint mir, bestaunt eher von weitem den aktuellen Wirbel um das Styling der Haarmassen und hält sich da heraus. Herr Simonis ist für die Schnitte zuständig, basta. Er ist ein liebenswürdiger

Mann. Unwillkürlich kriege ich mit, wenn ihn die Kundinnen nach seiner Prüfung ihrer Haaransätze bang und wie schuldbewußt fragen: »Grau?« Oder, noch leiser: »Weiß?« Er lächelt dann und antwortet mal bejahend, mal verneinend, mal überhaupt nicht, aber immer so, daß die Frauen sich getröstet fühlen. Das erkennt man in den großen Spiegeln ganz genau. Er trägt vorzugsweise einfarbig rote oder gelbe Hemden, was dem Laden einen frohen, kühnen Akzent gibt, denn hier ist für die Angestellten, alle sind weiblich, Schwarz die Vorschrift. Nur wird er immer dünner. Da ich nicht oft zu ihm gehe, fällt mir die Veränderung besonders auf.

Die Mädchen dagegen stechen einem, wenn man in einer Modezeitschrift blättert, plötzlich von hinten über die Schulter weg mit dem Zeigefinger ungefragt mitten in die Illustrierte rein, da, dort, da nageln sie die Seite fest und nehmen sich die Freiheit, in ihrer Version von auflockernder Kundinnenbetreuung zu sagen: »Da, das ist doch Kate Moss!« Ich persönlich zucke dann zusammen, aber sie meinen es ja nur gut.

Die Seele des Friseurstudios ist Frau Simonis, üppig und furios, ruppig und generös. Sie duldet keinen Klatsch und keinen Trübsinn. Aus Furcht vor ihrem Zorn würde niemand wagen, sich beim Friseur zu erkundigen, ob er krank sei. Insofern überraschte es mich nicht, obschon er ähnliches noch nie getan hatte, daß sich Herr Simonis vor zwei Tagen ganz leicht meinem innen vom Waschen noch etwas feuchten Ohr zubeugte und mir dort sehr leise erzählte, es gehe ihnen beiden schlecht, innerhalb von fünf Wochen hätten sie zwei ihrer drei Katzen verloren, die achtzehnjährige sei trotz aller Bemühungen, sie zu retten, gestorben, die andere, die ihnen vor drei Jahren als sehr geschwächtes junges Tier zugelaufen sei, habe man nirgendwo mehr auffinden können. Seit zwei Wochen sei sie weg.

Einen Moment lang sah es aus, als würde Herr Simonis zu weinen anfangen. Früher hatte er öfter von den eigensinnigen Tieren erzählt, immer laut. Diesmal durfte nur ich es hören, es war ja nicht, wie sonst, etwas Lustiges. Ja sicher, sagte er, eine letzte Katze gebe es jetzt noch im Haus und sie sei, so allein, jetzt sogar besonders anhänglich geworden, aber sie beide empfänden jedesmal, wenn sie die Tür aufschlössen, die Leere in den Räumen. Nie werde er vergessen, wie ihn die zugelaufene, völlig abgemagerte Katze, die nun verschwundene, vermutlich verunglückte, nachdem er sie damals gefüttert und wieder vor die Tür gesetzt hatte, am nächsten Morgen, nach einer eisigen Winternacht, draußen, bei seinem Gang zum Auto, angesehen und dauerhaft sein Herz erweicht habe.

Das Rind am Zweiertisch bestellte inzwischen, nach leicht maulender, längerer Absprache mit dem Italiener und dann noch mal mit dem Kellner, das Essen. Man konnte es leider nicht überhören wegen der Lautstärke. Der Kellner aber mußte schon vorher gewußt haben, wie es ausgehen würde, hatte vielleicht bereits, als die beiden das Lokal betraten, das Gericht in Auftrag gegeben, denn es stand im Nu auf dem Tisch, Ravioli in Tomatensauce.

Und nun begann das Rind zu essen! Ich sah nicht hin, aber seitlich war nicht auszublenden, daß es sich in ein Huhn verwandelte. In derselben Achtlosigkeit, mit der die vorgestern so mühevoll hergestellte Mähne behandelt worden war, stocherte es nun in dem aufwendig georderten Mahl herum, die Linke wie ein Engländer unterm Tisch. Die Rechte mit der Gabel stieß senkrecht in das offenbar für solcherlei Eßkünste extra von ihr ausgewählte Tellergericht und spießte eins der kleinen Nudelkissen auf. Aber bis es einmal soweit war! Während das Rind den Ellenbogen aufstützte, baumelte nämlich vor der Attacke die Gabel, an drei Fingern hängend, lange, lange Zeit einem Pendel ähnlich über den Opfern, keines konnte wissen, welches ins Auge gefaßt war für den entscheidenden Stoß. Auch das Rind wußte es nicht, es sah ja gar nicht hin, vielmehr geradeaus und ließ das Essen, das plötzlich bedeutungslos war, dabei kalt werden. Es kam doch nicht auf diese geistlose Nudelbagatelle, es kam nur auf das virtuose Gequengel der Gabel an!

Ich kannte das irgendwoher. Ganz genau so hatte ich das mehrfach gesehen, richtig, in den Vorabendserien war diese träge und mißmutige Art, vorher sorgsam Ausgewähltes zu essen, neuerdings für Wesen mit solchen Mähnen eine unbedingte Pflicht. Nicht auszudenken, wie lange das folgsame Rind dafür vor dem Spiegel geübt hatte! Der Italiener traute seinen Augen nicht. War seine Gegenwart dermaßen faszinierend? Ob er ihre Nudeln einfach mitessen sollte? Mir, die es nichts anging, verging der Appetit darüber. Ich durfte ja nicht dem Kellner sagen: »Verbieten Sie bitte dem Rind da drüben, dermaßen entartet sein Futter aufzunehmen! Schnell!«

Zack, wieder, nach unendlich in die Länge gezogenem launenhaft überdrüssigem Schweben der Gabel über den Ravioli, stieß das von den Fernsehspielen verdorbene Rind zu und sättigte sich lustlos. War der Italiener, ein offenbar gutmütiger Mann, wirklich so harmlos zu glauben, das alles geschähe aus Interesse an seinen Worten und wegen der Gedankenschwere des Rinderhirns?

Vor zwei Tagen war das Rind von den kundigen Friseurmädchen für diesen Auftritt mit aller Sorgfalt präpariert worden. Ob der abgemagerte Herr Simonis, der um seine beiden Katzen trauerte und vielleicht sogar schon ein bißchen um sich selbst – nun, wo es keiner sah, zu Hause, da wäre es mit seiner rothaarigen Prachtfrau nicht anders, da mußten sie sich nicht länger beherrschen, und alle beide durften bekümmert sein –, ob er ahnte, daß der Kopf unter seinen Händen die kälbchenhafte Kindheit, so ursprünglich sich das Haar auch gebärdete, für immer verloren, und daß man ihm ein versnobtes Rind untergeschoben hatte?

Und würde, fragte ich mich, aus diesem wie ein Huhn pickenden Rind jemals, und sei es durch ein Wunder, durch einen großen Schmerz, irgendwann eine wirkliche Kuh werden, eine von jenen, die uns aus ihren gelassen blickenden Augen (in denen uns von den Weidezäunen her ein geräumiges Inneres ansieht, aus unergründlichen Tiefen in den schnell wechselnden, treulosen Moden) Freundschaft spenden und Trost, so, wie es ihnen von alters her aufgetragen ist, und wie es bestimmt auch Herr Simonis erhoffte und brauchte für die ihm verbliebene Lebenszeit?

Annegret

Inzwischen kam es mir so vor, als hätte ich mein Leben lang – natürlich, ach ach, die Männer, wie einfach das Leben mit ihnen doch wurde, sofern man nicht gerade fatal in sie verliebt war, versteht sich –, wirklich mein Leben lang mit einer gewissen Neugier, wenn auch nicht gerade Sehnsucht, Ausschau gehalten nach einer bis in den Kern gutmütigen Frau.

Meine Mutter gehörte nicht dazu, jedoch auch sie suchte vielleicht insgeheim danach, um sich bei einer solchen Person von der eigenen Neigung zur stets geistreichen Boshaftigkeit einmal auszuruhen, regelrecht auszuschlafen. Selbst ich aber, Rita, ihre eigene Tochter, mußte immer vor ihr auf dem Quivive sein. An ihr gefiel es mir ja, aber bei anderen Frauen, die oft so stolz waren auf ihre Tücke, die sie auch noch für psychologische Erleuchtung hielten, bei denen nie!

Längst hatte ich die Hoffnung aufgegeben, als ich Annegret kennenlernte, Annegret, was für redliche drei Silben!, und ihren lieben, immer etwas müden Mann. Die beiden erschienen mir wie ein Geschwisterpaar, das sich im tiefen Wald verirrt hat, sie entzückten mich wie aufgeschrieben von den Brüdern Grimm. Sie dufteten nach Tannen und derbem, herzensgutem Brot, ich las sie wie eine alte Kindergeschichte, war ihnen heftig zugetan und suchte ihre Nähe. Die Frau interessierte mich stärker. Heinz, der Mann, hob sich nicht so deutlich von den anderen Männern ab. Annegret aber hatte als einzige allen Geschlechtsgenossinnen etwas Exklusives voraus: Sie war freundlich bis in den wohlgeschnitzten Kern, bis in die aufgeräumte Spinnstube ihres Herzens. Kein Hinterhalt, keine Falle, keine spitze Zunge, kein verborgener Giftzahn, kein unterirdisches Sticheln, das doch sonst noch die dümmste Frau zum Zeitvertreib oder in Notwehr betreibt.

Meine Mutter, ja sicher, die hätte sich bei ihr gelangweilt. »Mein Gott, das ist nun wahrhaftig zu viel des Guten. Es fehlt nur, daß die Zöpfe trägt«, hätte sie geseufzt und sich geschüttelt, im nachdenklichen, dann schnell achselzuckenden Bedauern, daß es in dieser Version von Schlichtheit des Gemüts eben leider doch nichts für sie war. Mich aber begeisterte Annegret.

Ich prüfte sie vorsichtig, ungläubig zunächst, war auf kleine, wohl verstaute Gemeinheiten gefaßt. Und schämte mich dessen schon bald mit Erleichterung. Sie besaß all die Kniffligkeiten der normalen weiblichen Seele nicht, war einfach und großmütig. Ein stilles Wunder, das ich entdeckt hatte, das mich bei jeder Begegnung, als ich Vertrauen gefaßt hatte, neu und stärker erfrischte. Man konnte unsere Freundschaft ohne weiteres mit einem Spaziergang an Waldrändern vergleichen: in den Wald hinein und mitten durch Wiesen unbehelligt wieder nach Hause.

Sie half ihrem Mann, der praktischer Arzt war, kundiger als jede Sprechstundenhilfe, und konnte mir deshalb jedesmal viel berichten. Dabei dachte sie bestimmt, wir würden zusammen bloß durch eine Landschaft schlendern. Sie merkte gar nicht, daß ich vor allem, ihr zuhörend, angenehm belebt und auch getröstet, von den üblichen verstohlenen Ohrfeigen und geheimen, nicht beweisbaren Kopfnüssen verschont, durch sie selbst hindurchwanderte. Mit Annegret war es ein beständiger Abendfrieden, wunderschönes Glokkengeläut aus verschollenen Zeiten, wie gemalt das Ganze.

Dann kam die Zeit, wo die Bäume, noch dick in ihrem Laub, zu flüstern beginnen. Man ahnt den Farbausbruch nur, es schwelt ja noch kaum, das kommende Feuer summt allenfalls, schlägt noch nicht herbstlich durch. Diese verschwiegene Vorankündigung ist vielleicht das Aufregendste. Annegret und ich, wir nutzten die Gelegenheit und umrundeten einen See. Es war ja Feiertag. Zwei Frauen standen gleich zu Anfang am Ufer in ausgefuchsten Turnanzügen und dehnten an einem Geländer wippend ihre Beinmuskeln. »Das machen wir hier jede Woche!« riefen die beiden uns zu. Wir kannten den Weg nicht, Annegret hatte uns dorthin gefahren, auf Empfehlung eines Patienten mit Nierenschmerzen.

Ich sah sie manchmal von der Seite an, hörte ihr zu. Sie redete viel, ich versuchte, das früheste Gold im Laub und Buschwerk ausfindig zu machen, um mich abzulenken. Leider ging sie in letzter Zeit nicht mehr so herrlich geschmacklos gekleidet wie zu Anfang. Da war ihr mit jedem Kauf ein verehrungswürdiges Fiasko geglückt. Sie vergaß vor kindlicher Begeisterung angesichts der schönen Modeneuigkeiten ihre eigene, schon ein bißchen matronenhafte Figur, ihr Alter, ihre Haarfarbe, vor allem die Art ihres Temperaments, ausgedrückt in ihrer Körperhaltung. Gute, bestechende Annegret! Wie sehr ich ihre originellen Fehltritte schätzte angesichts einer ringsum wütenden Perfektion schon bei den Elfjährigen.

Es gab solche Dauerpannen aber inzwischen nicht mehr. Sie machte, ich mußte es mir widerwillig eingestehen, auf recht ordentliche Weise alles richtig. Vielleicht spürte sie meine Blicke. Sie kaufe jetzt, sagte sie plötzlich, nur noch aus Versandkatalogen, die lieferten die elegantesten Kombinationen. Man müsse sich nicht mit der Ignoranz und Arroganz der Verkäuferinnen herumschlagen. Sie wolle mir gern einige Kataloge schicken!

Ignoranz? Arroganz?

Dabei sah sie nicht mehr wie sonst in der verlegen treulichen Stocksteife an sich herab, wenn ich ihr ein Kompliment zu ihrem Chic machte. Sie hob das Kinn und nickte mit einer gewissen, durchaus nicht linkischen Würde, in einer mitleidigen – aber konnte das denn sein, war das noch meine Annegret? – Strenge, mein alt gedientes Wanderzeug musternd.

Es versetzte mich in Hochspannung, besonders, als das baufällige Haus hinzukam. Wir waren versehentlich auf einen hoch überwachsenen Privatweg geraten und standen nun vor einem strohgedeckten, uralten Ziegelhaus, in einer Verwunschenheit, die bestimmt schon lange kein Blick eines Menschen aufgestöbert und gestört hatte. Der Dachstuhl war teilweise sichtbar und wie im stürmischen Herabstürzen, wie im unaufhaltsamen Fließen und widerstandslosen Hinsinken angehalten, reichten die langen Halme der Bedeckung von oben bis ins dichte Gestrüpp. Sie begannen unten, sich mit der Gräue der absterbenden Vegetation zu vermischen, damit das Häuschen sachte in die Allgemeinheit überginge.

War es gerade hier? Ja hier, hier mußte es passiert

sein, daß es mir in einem Zickzackblitz vor Augen sprang, in vollkommener, dachte ich, Zusammenhangslosigkeit von Anblick und Erkenntnis: Annegret trumpfte auf! Mit jedem Wort zahlte sie etwas heim.

»Ich als Normalmensch«, höhnte sie gerade, verhöhnte ins Blaue hinein jeden unterstellten Anspruch auf etwas Besonderes in ihrer Nähe.

»In die Stadt fahre ich nur wegen der Spezialisten.« So warf sie mir meine phantasielose Gesundheit vor.

»Das Volk, die schlafmützige Mehrheit, merkt wieder nichts«, hob sie stolz das Haupt der mündigen Staatsbürgerin.

Es brach auf einmal aus allen Fugen. Hatte sie mir nicht bereits seit Monaten mit dem Übermaß ihrer Geschenke lediglich verdeutlichen wollen, wie großzügig sie selbst sei, wie gering, ja schäbig meine eigenen Präsentchen waren?

»Schon immer«, sagte sie gerade, »habe ich mir von niemandem etwas bieten lassen, habe aus Trotz immer die höchsten Absätze getragen, mein Gott, auf der Reeperbahn damit die Nächte durchtanzt!« Sie musterte meine gebrauchten Wanderschuhe.

»Ich bewundere«, sagte sie, »Leute, die kräftig mit anpacken. Ich habe das von klein auf gemußt und tue es bis heute.« Studierte sie nicht meine langen Müßiggängerinnenfinger?

»Ich hasse es, wenn sich Leute kompliziert ausdrükken. Wer was zu sagen hat, soll es verständlich tun.« Ein direkter, lächelnder Angriff, Augen dabei interessiert auf das zugrundegehende Dach gerichtet. Als ich zu einer Antwort ausholte, griff sie sich ans Herz. Wie konnte ich reden, wo sie litt!

War diese unversehens aufschwellende, freche Vitalität in Wirklichkeit das erste Zeichen des Alters?

Wurde sie jetzt wie ihre Mutter?

Versagte hier niemand anders als ich? Wehrlos überrannt, jawohl. Jedoch hatte ich eine grandiose Utopie zu betrauern und mich zu lange geweigert, genau hinzusehen, damit sie um Himmels willen noch dauern konnte.

Hatte ich nicht schon viel früher etwas Unpassendes an Annegret wahrgenommen, die weniger schöne Rückseite nämlich, und es also gewußt und sie ganz im Verborgenen fallenlassen, sie längst vom Altar genommen, aller Veredelungen entkleidet, so daß sie nun nicht nackt, sondern geplündert dastand, in stiller Unverschämtheit, unübersehbar und irreparabel durchschnittlich, und nicht mehr gehalten von meinem das Höchste erhoffenden Blick?

Vielleicht merkte sie es. Bedauerte es womöglich, womöglich ging es ihr erst jetzt, bei ihren kleinen, rächenden Attacken, richtig gut. Das Gesicht wirkte glatt, zart rosiger Speck, fern aller Brust-, Herz- oder Leibschmerzen.

Wären wir bloß nicht um diesen See herumgegangen, wo die beiden Frauen gerade ihre Dehnübungen beendeten, als wir wieder bei ihnen eintrafen! Sie verabschiedeten sich mit einer vorsichtigen Umarmung, umfaßten sich und hielten zugleich beide gekonnt Abstand, da sie schwitzten, und während sie jeweils in ihr Auto einstiegen, brachen sie in den mir verhaßten, hoch angesetzten, im Norden weit verbreiteten einsilbigen, jedoch vor lauter Herzlichkeit auf zwei Silben gestreckten Schrei aus. Der Umlaut wird dabei zerschlagen von einem eingefügten »h« oder, wenn man es lieber möchte: Er nimmt das »h« sandwichartig in die Klemme, aber richtig macht man es nur, und keine einzige Frau macht das hier falsch, wenn man das »h« als Schubkraft für den Ausstoß der zweiten, langgezogenen Silbe benutzt.

So hätten wir es jetzt eigentlich auch, wie von langer Hand eingefädelt und solcherart Abschiednehmen entgegengereift, eine der anderen vorführen können. Stattdessen standen wir wie angewurzelt voreinander, bestürzt, rührten uns nicht, gelähmt durch wechselseitige Entzauberung.

Die Verfluchung

Es ist besser, wenn ich mir vorstelle, alles wäre viel früher passiert, als ich ein Kind war, vielleicht sogar noch früher, und meine Mutter hätte nach dem Flöten einer kleinen Operettenmelodie gesagt: »Das da, Rita, zwischen den vielen neuen Häusern, war das Haus eines Anwalts. Eine alte Villa, früher, viel früher mit lauter kirchturmhohen Eichen und Buchen drumherum. Allerdings gehörten sie nicht zum Grundstück, auch wenn es so wirkte. Das war schlimm.« Oder die Tanten hätten geseufzt: »Daß er seiner Frau die Treue gehalten hat, lag weiß Gott nicht an ihr. Es war doch ausschließlich Sache seines Charakters!«

Nein, wenn ich wünschen darf, soll es niemand anders als meine Mutter erzählt haben, und bestimmt hätte sie die Geschichte »Der Kummer des Anwalts« genannt und zuerst gesagt: »Ein kleiner, häßlicher Mann. Sehr klein, sehr häßlich, aber zum Ausgleich mit einer Leidenschaft für das Schöne. Du müßtest das Haus von innen sehen, jede Ecke ein Kunstwerk, die Deckenornamente, die Möbel: erlesenster Geschmack, auch seine Frau: eine echte, samtig glühende Schönheit, wie es sie nur ganz selten gibt. Er allerdings, wie gesagt, sehr, sehr klein, sehr, sehr häßlich. Äußerst erfolgreich.«

Die Tanten: »Er hat sie mit Geschenken überhäuft. Ein schwerer Fehler. Das bekommt auf Dauer keiner von uns. Wir Frauen sind zu schlecht. Abends mußte der arme Kerl, wenn es geregnet hatte, immer noch einen Spaziergang mit ihr machen, im Dunkeln, oft bis kurz vor Mitternacht. Sie dabei immer: ›Ah, der Duft, der Geruch! Der Duft, der Geruch!‹ Tatatü, tatata. Leute, die noch einmal mit dem Hund draußen waren, haben es gehört.«

Die Gegenwart müßte mir durch die Stimme meiner Mutter entrückt werden, durch keine andere, so wie ich umgekehrt eine noch immer quälende, längst vergangene Liebe, die ich nicht lösen kann und zur Seite lege, später, als alte Frau, zu Ende bedenken werde. Es würde dann sicher unter den Händen meiner Mutter die Geschichte von der Frau, die ihr neues Kostüm, den passenden Hut, Tasche und Schuhe, alles sehr auffällig, aus schwermütigem Eigennutz an ihre Putzfrau verschenkte. »Du warst noch gar nicht auf der Welt«, so müßte sie anfangen. Das wäre für mich das Angenehmste.

Ich war noch nicht oder nur kaum auf der Welt, als es passierte. In Wirklichkeit wurde mir der Vorgang kürzlich in einer kleinen Stadt im Sauerland von einem Bäckermeister berichtet. Er schritt mir am Morgen dort auf der Hauptstraße in seiner unglaublichen Berufskleidung entgegen. Der Wind blähte ihm die weiten Hosen, als er mich begrüßte (ich kannte ihn nicht, ich war am Vortag aus der Großstadt, in der ich wohne, angereist) und sagte, er habe gestern die überschwengliche Einführung des Büchereileiters gehört. Aber im Internet, ja, im Internet, da könne man auch sehr negative Urteile über mich lesen! Er lachte, ihm, Bäckermeister und Bürgermeister, kein Zweifel, machte man nichts vor. Er, der hier auch dem lokalen Lesezirkel angehöre, sage den Autoren immer: Ran ans Leben, Leute! Seine Hände schienen dabei Brötchen zu formen.

Er war es, der mir dann das schöne Anwaltshaus zeigte, wohl deshalb, weil er dachte, es müsse mich beruflich interessieren. An einer bestimmten Stelle wurde sein gemütlich rotes Gesicht blau vor Empörung.

Hätten die Ereignisse aber viel früher stattgefunden, würde nicht der Bäcker die Oberaufsicht über sie führen. »So schnell stirbt man nicht«, konnte meine Mutter unnachahmlich beschwichtigend sagen. In meinen Ohren klang es so: »Man stirbt eigentlich überhaupt nicht. Mit dem Tod will man nur die Leute erschrekken.« Straßen und Hauseingänge, Menschen von hinten im Gegenlicht und Korridore flößten mir als Kind große Furcht ein. Auch bis in diese Gefahren reichte die Schutzkraft des Satzes, bevor ich wußte, daß man aber doch stirbt und die Orte, an denen jemand lebte und nun nicht mehr lebt, vor Öde kreischen, und daß schließlich niemand mehr da ist, der die mächtige Formel sagt, höchstens man selbst sagt sie zu sich selbst, lauscht ihr nach. Aber da mischt sich augenblicklich eine zweite Stimme ein, die schnarrt: »Mach dich nicht lächerlich!«

Ein kleiner Mann, sagte meine Mutter, der, wo er nur konnte, die Schönheit hochhielt und feierte. Nur dafür gab er sein vieles Geld aus. Seine Frau, deutlich größer als er, liebte ihn deshalb. Was sie enttäuschte, lag nicht an seiner Häßlichkeit. Sie hatte lediglich gehofft, wenigstens einige Menschen wären Götter. Aber es gab ja die Musik! Sie war es, die ihre Gespräche manchmal in eine Zone transportierte, wo sie hingehörte, jenseits der möglichen Stummellaute, wie die normale Sprache sie anbietet, und die auch sie beide aus Gewohnheit vor sich hinlallten.

»Es war ein Kampf, den der Anwalt nicht gewinnen konnte«, sagte meine Mutter. »Erst recht konnte ihre kleine Tochter es nicht.« Oft lag die Frau leicht erkrankt im Bett und stellte sich ihr Sterben vor, aber so, daß die Welt sich nicht von ihr absetzte, sondern freundlich zu ihr käme, gerade jetzt zum ersten Mal. Die Depressionen hatten begonnen, als in der Stadt mit dem neuen Bürgermeister immer mehr alte Häuser abgerissen wurden, Teile öffentlicher Anlagen an Immobilienhändler verkauft und allenthalben die letzten verwilderten Grundstücke, aber auch die hohen Bäume, die Säulen, die Eremiten, die Kirchenväter und Götter, der Baukrätze zum Opfer fielen. Bei jedem Gang aus dem Haus entdeckte sie neuen Kahlschlag, sie hörte die Baumsägen bis in den Schlaf. Im Traum führten die Eichen und Buchen und die heimatlosen Tiere, die in ihnen gewohnt hatten, mit rauher Stimme Klage. Das Anwaltshaus war von Maschinen umzingelt, dann rückte die Leere heran. Woche um Woche. Es waren auch einige ältere Freunde gestorben, sie betrauerte sie, als wären es Ahorn, Platane, Birke gewesen. Alles wurde gefällt, von den Menschen wilder als vom Tod. Sie versuchte das Splittern und Krachen der Bäume mit dem tröstlichen Kummer von Musikstükken, die ihr besonders teuer waren, zu besänftigen. Wer konnte das besser und verhängnisvoller als die Klaviersonaten des Komponisten Schubert? Ein Baum nach dem anderen fiel, nein, sank nicht tragisch, sondern wurde am Stamm lächerlich zerstückelt. Neue Häuser beseitigten mit ihrem rundum aus allen Fensterlöchern dringenden Elektrizitätsüberschwang die ehemals schwarzen Nächte der Waldkäuzchen.

An einem Mittag war der letzte Baum, in dem allabendlich hoch oben die Amsel saß und den Sonnenuntergang betrachtete, fort. An seinem Platz das Nichts. An Ort und Stelle war er im Handumdrehen mit all seiner Würde und Pracht in der furienhaften Zerkleinerungsmaschine verschwunden. Der in Scheiben geschnittene mächtige Stamm lag als Häufchen Elend dort, wo am Morgen der Baum noch alle Äste und Zweige zur Erde gesenkt und zum Himmel gereckt hatte. »Mehr bleibt auch von den Menschen nicht übrig, Mann, Frau, Kind, so wichtig sie sich jetzt auch vorkommen. Wenn es nur bald passierte!«, flüsterte die Frau zum schwachen Trost. Am Abend sagte sie anstatt zu essen zu ihrem Mann: »So ein kleines Frauchen mit ihren schmuddeligen Beziehungen schafft es also, triumphiert in voller Häßlichkeit über das Schöne. Mit ihrem Kind hat sie begeistert der Exekution beigewohnt und meint, das Bürschchen müsse durch solch eine riesige Opfergestalt erst recht stark werden.«

Sie begriff nicht, daß ihr Mann die »bauwirtschaftsnahen Politiker«, wie er sie mit einer Grimasse nannte, nicht von ihrem Treiben abbringen konnte, trotz aller Bemühungen nicht. »Sie haben immer Gründe«, sagte er verzweifelt, dann nur noch müde. »Sie sagen, daß sie Naturfreunde und keine Feinde der Bäume sind. Sie wollen lediglich ihre Kleinen vor Sturmschaden schützen.« Gab es die gewissen Kanäle nur für die anderen, nicht für sie?

Eines Tages sah man die wunderschöne Frau auf dem Balkon ihres Hauses. Sie schrie eine Verfluchung über die Stadt, über den Bürgermeister und alle Verantwortlichen, »Verräter, Verbrecher«, über die Baufirmen und die neuen Eigentümer, über all diese weltläufigen zähnezeigenden Herren und Lebewesen, wünschte sie offiziell in die tiefste Hölle ohne Wiederkehr am Jüngsten Tag. Es war wochenlang Stadtgespräch, die lokale Presse hielt sich dank der Verbindungen des Anwalts knurrend zurück.

Der kleine, erfolgreiche, verunstaltete, aus eigener Kraft wohlhabende Anwalt erkannte nicht ganz, wie krank seine Frau war, die sich nach ihrem Ausbruch sofort wieder sanft und vernünftig stellte. Der kleinen Tochter fiel die Aufgabe zu, die Mutter zu beschützen, mehr, als die Ärzte es konnten. Das Kind sah die stille Mutter, die kaum noch sprach und deren große Schönheit es wie sein Vater nach wie vor bewunderte und liebte, abwesend lächelnd in ihrem Stuhl sitzen, sah sie plötzlich aufspringen, um mit ihm, dem Kind, an der Hand durch einen Park mit vielen Bauschildern zu laufen oder durch ein Waldstück, von dem sie sagte, sie sähen es an diesem Tag zum letzten Mal als Wald. Einmal hatte das Kind das Gefühl, die Mutter ginge immer schneller, so daß sie, die kleine Tochter, nicht mehr Schritt halten konnte, so, als wollte die Mutter ihr davonrennen. An einem anderen Tag standen sie an einem See, und die Mutter rückte immer näher ans Wasser vor. Sie schickte das Kind zu einem Kiosk, der ein Stück entfernt lag, und als die Kleine sich umdrehte, stand die Mutter schon bis zu den Waden im See. Da rannte das Kind und klammerte sich an die Frau, bis sie umkehrte. Am Abend sah es den Vater zum ersten Mal schluchzend bei der bleichen Frau sitzen, die nicht weinte und die das Kind noch als fröhliche, ständig singende Mutter in Erinnerung hatte.

Am nächsten Tag machte die Mutter ihrem Mann eine große Freude. Sie fuhr mit ihm und dem Kind in eine große Stadt, und sie kauften wie in alten Tagen herrliche Kleider ein, ein Kostüm, einen Hut, der das Gesicht beschattete, Schuhe und Tasche, viel Rot und wenig Grau, elegant und sehr auffällig.

Heimlich schenkte sie das alles schon am nächsten Tag ihrer Putzfrau, die ihr als Gegenleistung nur versprechen mußte, die Sachen sofort anzuziehen, am Nachmittag zu einer festgesetzten Stunde das Haus zu verlassen und in die Straßenbahn Nummer drei einzusteigen.

»Das stellen Sie sich nur vor, diese Verrückte!« sagte der Bürgermeister in seiner geblähten Bäckerhose, entrüstet, aber doch auch lachend im sonnigen Morgenwind seiner Stadt im Sauerland.

Die Putzfrau machte alles wie besprochen und bemerkte nicht oder bemerkte doch, wunderte sich aber nicht darüber, wie ihr die kleine Tochter der Frau folgte, treulich auch in die Straßenbahn folgte bis zum Ziel außerhalb. Dort erst, abgelenkt von der neuen Kleidung und bemüht, die Mutter zu überwachen, heimlich, wie vom Vater eingeschärft, wohl weil seine Frau ihm Vorwürfe wegen der Observierung gemacht hatte, erkannte das Kind die Täuschung, während sich die Frau des Anwalts zur selben Zeit ungehindert im See ertränkte.

Grillen

Wer spricht? Erst gestern, jetzt weiß ich es wieder, bin ich mit meinem besten, geliebtesten Freund, mit »ihm«, mit Hubertus, zwischen Buschwindröschen, als alle anderen Leute radelten, ritten, liefen, mit Stöcken marschierten oder Hunde ausführten, zwischen weißem Klee, Maiveilchen, Scharbockskraut, auf diesem weiß, gelb, blau getüpfelten, überschwärmten Waldgrund als einzige normal gewandert, tief atmend gewandert. Wir aßen bittere Schokolade, und eine Woche vorher bin ich mit einer Reisetasche leichten, leichtsinnigen Schrittes um einen Briefkasten gebogen, zwischen Löwenzahnwiesen in einem luftigen Zug gebraust und in einem armseligen, aber egal, das war doch vollkommen egal, Hoteldoppelbett gelandet für eine einzige, sternlose Nacht.

Es ist mir eben eingefallen, und jetzt ist wieder klar, daß ich ja jung bin! Ich stellte mir heute morgen nur vor, eine Einbildung bloß, es wäre anders, ich säße hier bewegungslos in einem Stuhl und sähe uralt hinaus auf den glänzenden Mai, schon fast zu viel Mai, zu viel des Guten auf einmal nach dem ewig langen Winter. Sähe hinaus auf diese Pärchen allenthalben mit den kugeligen Hinterteilen und Muskeln und von Arglosigkeit aufgeplusterten Gesichtern, so rüde sie auch reden, so harmlos sind sie doch den wirklichen, bevorstehenden Schrecken des Lebens gegenüber. Sagte mir freundlich: Ja ja, die Biologie. Prall und richtig, aber nichts weiter als ferner, sich entfernender biologischer Zwang.

Zum Mai fallen mir vor allem zwei Dinge ein. Abgesehen von früher, früher, wie jetzt natürlich, die Momente, wo man nicht mehr unterscheiden kann, was Apfelbaumblüten und was Vogelstimmen sind, ach Gott, was hochfliegender Geist und was aufsteigender Trieb, von beidem wimmelt es und ist der Himmel gepunktet und gefleckt bis ins Unendliche. Der ferne Mond über den lautlosen, starren Apfelblüten ist in diesen Maienaugenblick unentrinnbar hineingezwungen. Die Apfelblüte aber schon vor Mondaufgang ein verfrühtes Resultat seines Glanzes?

»Du elfenbeinerner Turm«, »Du geheimnisvolle Rose«! Eine schwarze Madonna, ich glaube, aus einem weihrauchdünstenden Polen, umflackert von dunkelgoldenen Lichtern. Blumen bauschten und überstürzten sich. Halb torkelte man in der Betäubung wieder nach draußen, aus den Andachten in den lauernden Abend vor dem Kirchenportal, Ausschau haltend (wie man sein Leben lang Ausschau hält nach der einen, verborgenen, überwältigenden Freude, jederzeit könnte man sterben, wenn sie nur käme!) nach den Augen eines weniger Frommen, der auf einem Steinpfosten hockte, sich wohl die Fingernägel sauber machte, mit Kamm oder Taschenmesser spielte, anders roch und woanders hinsah. Die Zeit sollte rennen, wenn er fehlte, und stille stehen, wenn er da war. Das ist es, was ich dazu sagen kann. Was wären diese Andachten ohne ihn gewesen! Aber auch umgekehrt: Was wäre von ihm geblieben ohne diese Maiandachten! Jetzt liegen beide unter der glasigen Flut der Vergangenheit, sichtbar, unberührbar.

So jedenfalls würde ich räsonieren, wenn ich uralt

und bewegungslos am Fenster säße und sonst nichts hätte.

Damals, als die zweite Maiangelegenheit auftauchte, war ich ein Kind, einige Jahre nach der deutschen Wiedervereinigung, ja bestimmt, zehn Jahre danach oder auch noch etwas mehr. In dem oben offenen Schränkchen, in dem die Kassiererinnen des Supermarkts sitzen, gab es eine Neue, die sich von den vielen Aushilfs- und Teilzeitkräften unterschied. Sie sprach mit tiefer Stimme und merkwürdig rollend, eine Mitteldikke, und man hatte immer das Gefühl, daß sie um ihren Platz und ihre Anerkennung kämpfte. Ihre Freundlichkeit zu jedermann war fast zuviel des Guten, dieses Grüßen und Wünschen und Verabschieden. Stand die Barriere zu ihrer Kombüse offen, sah man lappige Unterwäsche, Teile eines großen Schlüpfers oder die Ausläufer der Strumpfhalter, gedrücktes Fleisch in den Zwischenräumen. Beim lauten Sprechen mit ihren Kolleginnen über die Umzäunungen hinweg übertrieb sie ständig die Gerechtigkeit, das Aufopfern, wenn sie für eine andere lospreschte, um einen Preis nachzusehen, den die nicht auf dem Strichcode der Waren fand.

Durch das alles fiel ihre Fremdheit nur noch mehr auf. Ihre Haare sahen anfangs aus, als würden dauernd stärkere Hühner darauf herumhacken. Sobald sie lachte, wurde es golden in dem dunklen, brotfarbenen Gesicht, nicht vor Freude, es rührte von den Zähnen her. Das konnte ihr keiner rauben. Ihre Freundlichkeit aber war so groß, daß die Kunden sich gern bei ihr anstellten, jeden schien sie extra zu erkennen. Auch meine Mutter genoß es, wenn die Kassiererin ihr verschwörerisch zulächelte über die Waren auf dem Transportband weg, auf dem manchmal auch Mäuse liefen, ich zumindest sah, daß es kleine, huschende Tierchen sein mußten, die bloß keiner wahrhaben wollte.

Nach einiger Zeit wurde sie ruhiger, nicht weniger aufmerksam, aber die Frisur, die Haare waren jetzt aus einem Guß, eine wehrhafte Krone aus Messing und Kupfer. Kein Hühnerschnabel würde mehr durch diese kompakte, thronende Haarschicht zum Rupfen kommen. »Tja, hier geht's schon um sechs Uhr früh rund«, wob und schob sie regelmäßig zwischen Hundefutter und Kohlrabi zu den Kunden hin ein, zu Leuten, die bequem in hellen Jacken um halb zwölf ihre Früheinkäufe machten. So erzählte es meine Mutter meinem Vater, und beide lachten in einer Weise, die ich nicht verstand. Oder war ich es, die lachte und sehr wohl wußte, wie? »Hier geht's schon um sechs Uhr früh rund.«

Die Frau sagte es dunkel rollend, golden im Gesicht aufblitzend, grollend, mit einem Drohen, dem ich, die um diese Zeit noch fest schlief und meist schrecklich träumte, voller Befürchtungen lauschte, während sie in fliegender Eile, die jeden beschämte, ihre Pflicht erfüllte und die vielen Eßsachen der Leute von der Maschine registrieren ließ. Zu allem, zu Butter wie Körpermilch, mußte sie einen Piepton hören, sonst hätte sie das Geschäft geschädigt. Hörte sie ihn, war alles gut. So ging es damals zu, es waren eben diese Berufe. Lauschten wir Kunden eigentlich mit? Abgehackt wie das Piepen war auch ihr herzliches Grüßen und Wünschen, sie vertrödelte keine Sekunde. Nicht nur ihre Hände wirkten ausgezogen, von jedem Schutzmantel entblößt wie ihr nacktes Gesicht, auch die Waren, die sie berührte, die Strecken, die sie in der Halle zurücklegte, waren wie entkleidet durch sie. »Sie will allen ein gutes Beispiel sein, dir, Rita, und mir, dem Personal und dem lieben Gott«, hätte mir meine Mutter sicher mit einem Kräuseln um ihre grünen Augen erklärt, wenn ich damals ein Kind gewesen wäre.

So plaudere ich vor mich hin schon fast wie jemand, der nicht weiß, wo er hingehört. Es liegt am Mai, an diesem Flammengrün und dem Weiß, das aussieht wie die Begeisterung in Person, Brandung im Stimmungsgewoge.

Denn es war ja Mai, als wir sie eines Tages im Getränkemarkt im Untergeschoß antrafen. Hier machte sie also Dienst, wenn sie nicht oben kassierte. Wir waren mit ihr allein, deshalb konnte sie mit uns sprechen. Da erfuhren wir, wie sie aus der ehemaligen DDR in den Westen gekommen war, mit ihrem Mann, des Geldes wegen, und bei uns so enttäuscht wurde von den immer schlechteren Lohnverhältnissen, aber gute Miene zum bösen Spiel machen mußte. Am traurigsten war ihr Mann, der die schönen Tümpel mit Schilf und die vollen Bäche ihrer Heimat liebte, Heide und Sümpfe, um dort zu sitzen und auf die Landschaft zu schauen. Sobald er Rente kriegte, wären sie wieder drüben.

Dann sei Schluß, was brauche sie denn? Dann müsse sie nicht mehr zum Haareschneiden. Was das alles hier koste, und den ganzen Tag könne sie im Turnanzug rumlaufen. Frisör und modische Kleidung könne man sparen.

Es war hier nichts für sie. Die Menschen hier: auch die so anders. Und dann, den ganzen Mai denke sie dran, an solchen Tagen, so herrlichen wie dieser es war, würde sie beinahe durchdrehen. Dann sehe sie es immer vor sich, hier, im Untergeschoß, dann würde gegrillt! Sie stand an ihrer Kasse, neben ihr die Obstbrände und die Champagnervitrine mit dem Schloß. Ein goldener Schein lag plötzlich auf ihrem Gesicht, der nicht von den Zähnen hinten kam. Sie lachte ja auch gar nicht, sie erinnerte sich an das wunderbare Grillen in der Heimat. Es mußte etwas Paradiesisches sein, ein Ereignis von großer Menschlichkeit mit echten Mitmenschen. Mit Bier und Honig wurden die Rippchen bestrichen, an solchen Maientagen am See, im Garten mit groß und klein um den Apparat herum. Sie lächelte uns an, sie lebte auf dieses Glück zu, wenn wieder das Grillen mit Kindern und Enkeln begann, die glücklichen Nachmittage und Abende in der Geborgenheit im Grünen. Was brauchte man denn sonst? Das Grillen war dann die herzliche Mitte von allem.

Ich kannte das Grillen selbst gar nicht recht. Wir taten es nie, sie aber freute sich daran von Kindesbeinen an, verdankte ihm auch ihren Mann. Der hatte sich wohl aus dem Dunklen herangepirscht und dann mit seinem großartigen Grillen geglänzt und sie geblendet? Diese Abende und Nächte im Mai in der alten DDR an den Seen, die standen in größtem Gegensatz zu dem, was hier im Westen geschah. Das Grillen und die Liebe, die Liebe und das Grillen. So verstand ich es damals, so hörte ich es dann noch einmal beim Erzählen zu Hause.

Zwei Tage später sah ich sie im Straßenkostüm als Kundin in der Supermarktschlange, und bei ihr war ihr Mann, das erkannte man gleich. Ich hielt ihn beinahe für meinen Vater. Es war ein schöner Herr, sorgfältig gekleidet, eine vornehme Gestalt. So eine Überraschung! Wieder begann der goldene Schein in ihrem Roggenbrotgesicht. Ich wußte ja, woran sie dachte.

In diesem Augenblick durchfuhr mich ihr zukünftiges Unglück. Ein tiefer Sturz, der vorgesehen war für die Zeit, wo sie grillen würde ab Mai. Ausgerechnet dann wollte sie für immer den Frisör meiden, um statt dessen noch mehr Grillgut zu kaufen für die gute Geselligkeit und nur noch im Trainingszeug herumlaufen von früh bis spät, wo kein Fremder sie schief ansah und es nicht darauf ankam, im eigenen Nest an der Seite dieses Herrn, der mir gefiel wie mein eigener Vater?

Ich drängte mich an sie heran, damit sie einmal hier bei uns etwas Gutes erführe und sagte ihr leise von hinten: »Machen Sie das nicht, machen Sie das bitte bloß nicht!« Sie wußte ja bestimmt, was ich meinte.

Morgen, vor der polnischen Madonna mit den Kerzenflämmchen und den Maiglöckchensträußen, will ich mir ihre Rettung durch meine Warnung ausmalen und das wunderbare Grillen in der alten Landschaft, auch wenn Hubertus dann noch eine Weile länger draußen mit Kamm und Messer spielen muß und schließlich, wie alles andere, längst und für immer entschwunden ist.

Die hohen Berge

Ich besuchte ihn, als er auf der Terrasse, umgeben vom starken, meines Erachtens unwiderstehlichen Geruch der waagerecht aufgerichteten Engelstrompete die Füße in einer Schüssel mit Wasser stehen hatte. Er wandte keinen Blick von den bleichen Trichtern. Die dicke Schwärze, die ganz typische Finsternis einer mondlosen, sehr warmen Julinacht schloß uns luftdicht ins Leben ein, oder wenigstens zweideutig von ihm ab. Schon dachte ich, er würde versuchen, die Blüten zu zählen, als er sagte: »Sehe ich nicht aus wie der Tod, der ein Fußbad gegen eine Hautallergie nimmt?« Mein Vater und ich, wir saßen dann lange still im Duft von Zimt und Zitrone, beides etwas überdosiert ineinandergedreht, wortlos vor uns hinträumend. Er starb am anderen Morgen, nachdem er sich hatte rasieren lassen, mit dem Blick auf eine nur ihm erkennbare schöne Gestalt, denn er streckte zuletzt beide Arme waagerecht nach dem Vorbild der abendlichen Blütenkelche in die Luft und rief, wie in äußerst angenehmer Überraschung: »Jungfrau Maria!«

Das war damals. Inzwischen ist auch meine Mutter tot, und ich würde viel mehr, als man landläufig sagt, dafür geben, wenn ich noch ein einziges Mal ihren Blick auf mir spürte, der aus mir etwas Wirklicheres machte, als ich je werde sein können und das Aussprechen meines Namens »Rita« mit ihren schon halb gelähmten Stimmbändern hörte. Denn nichts auf der Welt könnte mir dermaßen wieder das Gefühl einer Beständigkeit meines Ichs geben wie dieses rauhe, mühsame »Rita!«

Ich weiß nicht, ob seitdem oder schon früher oder etwas später eine unstillbare Genußsucht mein Glück oder Unglück war und ist. Selbst schmerzliche Vorkommnisse halten mich nur kurze Zeit davon ab, die Hoffnung auf ein strahlend unbeweglich Momentanes, auf das von nichts bekümmerte Segeln des Augenblicks zu setzen, des Augenblicks, in dem ich versinken, ja restlos ertrinken möchte. Der Buddhismus, dem jetzt manche meiner Freunde anhängen, schreibt vor, dreißig- bis vierzigmal ein Stück Brot zu kauen, bevor man es runterschluckt. Anrufe aus Indien und Madagaskar bestätigten es erst in der letzten Woche. Ach mein Gott, ich schaffe es nicht, man soll die einzelne Sekunde selbst wahrnehmen und nichts darüber hinaus? Nie und nimmer, auch wenn's schön wäre. Ich spüre das Rasen der Zeit, und sie rast mir trotzdem nicht schnell genug, so, als wäre ich verliebt, aber ich bin es nicht und erstrebe es nicht, warte ja durchaus nicht auf ein Stelldichein. Es vergeht alles nicht schnell genug. Ein bißchen fixer bitte, rufe ich den Freuden zu, wenn ich noch mittendrin bin. Die nächste bitte! Geh vorbei, Genuß! Du genügst ja nicht! Es ist eine Art Zischeln oder Rascheln oder Räuspern überall, in allen Dingen und Verhältnissen, ein großes Knistern, das mich voranlockt, voranjagt zu den Sachen und Gegenden hin, aber dann hält mich da nichts. Weiter im aufreibenden Voranleben.

Die Berge jedoch, herausgestülpt aus der Erde und dort mit der ganzen Basismasse verankert, Fels, Granit, von ihnen verspreche ich mir, seit wenigen Tagen erst, die Rettung, nämlich den Frieden und mehr noch: die wahre Wirklichkeit. Denn ist es nicht außerdem so, daß in Amerika Industriefirmen und sogar die Regierung ihre Kriegswerbung als offizielle, neutrale Nachrichten tarnen? Nur müssen sie den Sendern das Ganze korrekt bezahlen. Unsere schönen alten Nachrichten aus aller Welt, die ein streng auswählender Richter, ich meine, Sprecher spricht? Ob die Alpen durch solche Täuschungen zu wanken beginnen wie die Gletscherströme schmelzen in grausigem Tempo? Werde denn da nur ich konfus, die hier, in der Bergwelt, den, wie soll ich es mir verdeutlichen, Biß des Realen, die, um es verspielt herumzudrehen, herrlich beißende Schärfe der absoluten, unanfechtbaren Gegenwart sucht?

Was für mächtige Körperkuppeln unter dem Blau, beispielsweise. Springen sie nicht in Buckeln vor und wieder zurück? Dann sieht man die Mulden, Rinnen, Scharten in den Wänden, über denen Gewitter mit riesigem Kiefer mahlen. Was für ein Täuschen, Winken, Erschrecken! Führen sie nicht in die Irre, ohne sich vom Platz zu rühren? Sobald meine Stimmung kippt, kippt die aller Leute und Verhältnisse mit. Nie bleiben sie unabhängig von mir auf der Stelle hocken. Die Berge aber! Eltern tragen hier ihre noch winzigen, unbewegt staunenden Kinder in einer Art Rucksack durch das Auf und Ab. Ich aber werde von den Bergen selbst, ganz so, wie sie wollen, gewendet und geschaukelt. Und da, die Linie, die mich um den Verstand bringt, wie sie großzügig, in Sanftmut wie für die Ewigkeit ansteigt, sanft und samtig, dann plötzlich die Gelassenheit abwirft, sich strafft, steiler werdend, mit einem Ruck hinauf zu den Felsen, die entblößt und senkrecht sind. Hinter jedem vorderen Berg steht ein höherer mit dunklen Schultern, ein düsterer Wächter, hinter dem ein noch gefährlicherer droht. Und dort mittendrin: Glanz? Schnee? Wasserfall? Lokale Nebelbildung? Man weiß es nicht. Kein Fremder weiß es. Die verrückten Grate unter dem Himmel: Manchmal müssen die Berge lange ausprobiert haben, um die richtige Lage zu finden. Man spürt noch das Zurechtrütteln der Felszacken.

Aber dann wieder sind sie so zutraulich, kommen nah heran, saugen den Wanderer beinahe ein, um sich mit ihm zu vermischen.

Viele Leute wollen unbedingt hoch auf die Berggipfel, zu Fuß oder wenn möglich mit der Seilbahn, wegen der sogenannten atemberaubenden Aussicht. Ich nicht, ich gehe extra ins tief eingeschnittene Tal, damit die Berge, legendenstark, noch gewaltiger in ihrer Steilheit dicht vor mir aufragen. Manchmal überfällt mich eine unbegreifliche Erinnerung. Die Landschaft ist nur ein Echo auf etwas von früher, und schon immer haben mich die schwerfälligen Domglocken, jetzt erst bemerke ich es, mit den nicht sichtbaren Leibern ihres Geläuts an die massigen der Berge erinnert. Das Idolgefunkel ihres Erzes!

Und was überkam mich gestern erst? Ich spürte, wie sich der Raum zwischen zwei Bergzügen, ein Hochtal, mit meiner Jugend anfüllte und mit Zeilen, die ich gelernt hatte zu meinem letzten Trost. In ihnen war ja genau diese Region beschrieben worden, wenn nicht beschrieben, so doch genannt und angerufen. Diese Gegend hier füllte sich nicht nur mit meiner Jugend an, sondern in der Tiefe auch mit dem kühl oder schwül feuchten Todeshauch der Dinglichkeit, ein bißchen zum Ersticken, ein bißchen bestialisch dumm, ja, nichts da, mit der endgültigen Vergänglichkeit. Die

Berge aber, die von alters her ohne Rücksicht in das Schicksal der Menschen als unverschämte Hindernisse und Behelligungen eingegriffen haben, pressen sich mit irrsinnigen Türmen und Spitzen aus der Dunkelheit der notgedrungen in Vergeßlichkeit Lebenden heraus.

Närrisch, diese Torheiten überfallen mich, ohne um Erlaubnis zu fragen.

Weshalb ist mir oder meinem Kopf das widerfahren? Doch sicher nur des Unfalls vorgestern wegen. Der Zusammenprall von Berg und Zivilisation hat ihn verursacht, so daß beim Ausschwenken des Felsens zwei Autos frontal aufeinanderstießen. Sofort sind sie mit einem dritten in Flammen aufgegangen. Nach einiger Zeit lag noch der Löschschaum in Flocken auf der Fahrbahn, die Toten wurden schließlich ohne Eile, fast saumselig, auf Bahren in die roten Rettungswagen gebracht. In der Nacht ruhten bei Vollmondlicht unauffällig drei Autos wie seit Jahrhunderten gealtert und verrottet am Straßenrand. Am Morgen waren sie beseitigt, damit kein Fremder erschreckt, vor allem nicht abgeschreckt würde. Alles aufgeräumt, alles wie nicht geschehen. Jedoch, man atmet den Todeshauch doch wohl länger ein, auch wenn man der Natur nicht das geringste ansieht: Es hat sich etwas Modriges angestaut, auch wenn das Amt für Touristik es ängstlich unter Heiterkeit zu verbergen sucht. Man soll den Tod um Gottes willen nicht den Bergen anlasten. Denn die Berge sind ewig und sollen uns wenigstens vorübergehend das teure Gefühl von Ewigkeit abgeben.

Aber auch dasjenige des ausschließlich Augenblicklichen! Sie sind das vorwärtsstapfende Jetzt, wie es sich in den gleichmäßigen Schritten des Gletscherführers zeigt. Das weiß ich seit gestern zu meinem großen Glück. Kein Blick woandershin, nicht auf die Landschaft vorn und hinten oder zur Bewölkung oben, nur auf die Schuhe vor mir, die immerfort bedächtig den Weg und die richtige Drehung der Fußsohle anzeigen. Dem Gletscherführer vertraut man jetzt in allem und wie keinem sonst, seine Geschwindigkeit ist die jeweils richtige, seine Schwenks, sein Aufsetzen der Stöcke, sein Festhalten am Fels und der Wechsel der Kleidung je nach Aufstieg, Abstieg und Rast. Es ist das Lied, das er uns mit seinem Körper, ohne sich umzuwenden, vorsingt, und man singt es ohne Zögern und Abweichung nach. Alles andere ist ausgelöscht.

Hin und wieder darf man vom Spaltenrand hinunter auf die Schlangenlinien und Wasserstürze der hellgrünen Bäche sehen. Der Gletscherführer weist, wenn er stehenbleibt und redet, auf die unentwegten Veränderungen hin, zeigt auf riesige Gesteinsbrocken, die vor zwei Wochen noch oben im Berg waren, auf kleine neue Risse und frischen Gemsenkot und wie schon eine kurze Sonnenbestrahlung unseren Weg beeinflußt. Unter feuchtem Geröll blankes, schwarzes Eis. Finstere Eismäuler am Ende einer schiefen Ebene. Der eigene Fuß muß sich ohne Aberration exakt den geschlagenen Eisstufen anpassen. Kein Körperteil denkt an anderes, nur an den Fuß und den Tritt im Eis.

Aus der Entfernung später zeigt sich der Gletscher empfindlich, entzieht sich, zieht sich hochmütig oder in stiller Gekränktheit von den Menschen zurück, die Tafeln mit den Meterzahlen seines Schwindens aufgestellt haben, weicht ausgezehrt immer weiter zurück, hinterläßt grollend Geröll. Schon blühen die ersten violetten Blumen und sogar Bäume auf seinem ehemaligen Herrschaftsbereich. Aus noch größerer Entfernung und Tiefe aber ersteht seine Steilheit und Wucht wunderbar aufs neue, das gleißende Fanal, die blendende Wunde, tiefer vielleicht als die unseres eigenen Sterbenmüssens.

Ich bin fast froh, daß ich heute zu meiner Schonung etwas krank gewesen bin, ein paar Stunden am Morgen jedoch nur. Es hält mich eben doch nicht länger in den vier Wänden:

Wieder tragen die Eltern ihre eben geborenen Kinder in Taschen auf dem Rücken durchs Gelände. Die Augen der Kleinen sind reine, nicht zu ergründende Oberflächen, sie alle, und nur sie, die erst seit kurzem Vorhandenen, halten sie den über alles Familiäre hinausgehenden Bergmassen ungeschützt hin. Ihre Körperchen sind durch das Schaukeln den jeweiligen Vätern und Müttern verbunden, die Augen nicht. Die sind durch keine psychologische Indiskretion beschmutzt, in sie und das zarte Gemüt dahinter stürzt das Gebirge mächtig und unvergeßlich hinein.

Hatten mich nicht auch meine eigenen Eltern vor sehr langer Zeit an Gurten oder auf ihren Armen durch diese Landschaft getragen, einst, damals, einige Wochen lang, einstmals? Und sie, die Berge, meine Eltern, hatten sich eingraviert und brachen jetzt wieder auf, blitzten und blinkten frisch auf, entstanden nach dem Entschwinden und durch das Entschwinden neu in mir mit ihrer, über sie selbst hinausreichenden, durch keine Erosion zu zerstörenden, alten und inzwischen weiter gewachsenen, sich aber von damals nährenden, übermächtigen Gewalt?

»Warum trauern meine Brüder?«

Ich genoß eine mir sehr willkommene Form der Geselligkeit, nämlich die, an Leuten, fast möchte ich sagen: an fremden Menschen, langsam vorüberzufahren. Zwar wurde ich jetzt gerade von einer Frau, ein paar Sitze weiter und schräg gegenüber, heimlich beobachtet, aber denen da draußen, die auf den Bahnsteigen standen, während sich der Zug vorsichtig von ihnen weg in Bewegung setzte, denen war ich wohlgesonnen. Alles interessante, teilweise wurzelhafte Gestalten mit einer Art Seele im Leib. Nie müßte ich sie näher kennenlernen.

Ich kam zurück von einem Tag am Meer. Herrlich fahle See. Die Spaziergänger würden in zwei Monaten damit anfangen, dem Weihnachtsfest entgegenzutappen und eventuell in der Ehrwürdigkeit eines mittelalterlichen Doms, vom berauschenden Glockengeläut angelockt, einer lauwarmen Predigt ernüchtert lauschen. Heute hatten sie aufs Wasser gesehen und dabei ihr Alter und Zeitalter vergessen. Die See interessiert sich nicht dafür. Merkwürdig, man betrachtet die gewaltigen Blöcke von Wasser und Himmel und hat das doch bloß mit dem eigenen armseligen Gesicht wahrgenommen. Wie kann uns nur unser simpler Körper eine solche Pracht erschließen, die hoch in den Weltraum reicht? Versinkt andererseits die wirkliche Welt nicht in Schutt und Asche angesichts unserer Halluzinationen?

Diese Person im Zug schaffte es kaum noch, mich aus den Augen zu lassen. Ich hatte nichts mit ihr zu tun. Sie prunkte mit Kirschkugelaugen, einem hochgestemmten Busen unter rosa Wolle und belästigte mich mit ihren Blicken. Neben ihr saß eine schöne junge Frau. Die beiden sprachen miteinander wie Mutter und Tochter. Sie unterhielten sich über mich. Das Mädchen sah allerdings nur heimlich zu mir hin und auch nur selten. Manchmal denke ich mir, um die Menschen gebührend würdigen zu können, mit Gewalt einen Lebenslauf, ein rührendes Schicksal zu ihnen aus. So will ich mich zu etwas mehr Anteilnahme zwingen.

Am Meer ließen die Eltern ihre Kleinen am Wassersaum spielen. Auch wenn sie ihr eigenes Elternhaus als Jugendliche einmal gehaßt haben, es macht irgendwann nichts mehr. Die Kindheit an sich erscheint ihnen dann plötzlich als etwas so Großartiges, daß sie es unbedingt, ein Trick der Natur, in einem Nachwuchs mit vollem Bewußtsein als Zuschauer wiedererleben wollen. So setzt es sich immer weiter fort. In Wahrheit darf sie, die eigene Kindheit, niemals ans Licht gezerrt werden, sonst geht sie verloren, indem sie nämlich etwas anderes wird. Eine funkelnde Höhle ist sie nur im Dämmerlicht.

Der Zug hielt auf freier Strecke, und ein Mensch fuhr auf einem Fahrrad im Glutlicht der untergehenden Sonne vorüber, ein alter Mann mit spitzem roten Bart. Es war jetzt umgekehrt. Ich befand mich in fester Position, der Mann bewegte sich an mir vorbei. Auch das gefiel mir. Wie sollte mich diese Person interessieren? Der Anblick jedoch, der traf mich ins Herz. Er wies mich hin auf die Legende eines alten Mannes, der auf seinem Fahrrad fährt mit rot in der Herbstsonne aufleuchtendem Bart auf leicht ansteigender Straße. Ich kannte ihn nicht, und nichts wäre unnötiger gewesen als ihn zu kennen. Alles, was ich brauchte, sah ich ja, las im Nu von ihm ab, was ich benötigte für sein übermächtiges Bild.

Auf einmal wanderte mir ein Satz durch den Kopf: »Warum trauern meine Brüder?« Er stammt aus dem Roman »Der letzte der Mohikaner«, und meinem Bruder Alex kamen früher immer die Tränen, wenn er diesen aus dem Amerikanischen übersetzten Satz, der für ihn die Kraft einer weihnachtlichen Domglocke besaß, wieder und wieder las und noch viele Jahre ging es ihm so, wenn ihm die Worte einfielen. Gar nichts weiter, nur: »Warum trauern meine Brüder?« Man spürte das mit Mühe zurückgehaltene Schluchzen. Er selbst besaß nur mich, eine Schwester. Dann wußte ich, wie ich darauf kam: Die schöne Tochter – ich hatte meine eher häßliche eigene nicht dabei – der lebhaft schwätzenden, meist auch kichernden Frau machte jedesmal dann, wenn die Mutter sie nicht direkt ansprach, ein ernstes, vielleicht auch geistesabwesendes Gesicht, was ihre Schönheit noch verstärkte. Die überlangen, wie in altmodischer Schamhaftigkeit gesenkten Wimpern mochten das ihrige dazu beitragen. Auch bei meinem Bruder habe ich den schon unnatürlich dichten Wimpernkranz von klein auf neidvoll bewundert. Die junge Frau trug einen heimlichen, vor der Mutter verborgenen Kummer, eine versteckte Schwermut. Nein, diese Mutter ahnte nichts von der Tiefftraurigkeit des Mädchens!

Einige Male schon hatte ich das Gefühl gehabt, die unbekannte Frau mit den Kugelaugen wolle aufspringen und etwas zu mir sagen. Jedesmal legte ihr die hochbetrübte Tochter sachte die Hand auf den Arm, um sie zurückzuhalten. Schließlich gelang es ihr nicht mehr, auch strahlte mich die Mutter nun aus der Entfernung besitzergreifend an und lärmte auf halber Strecke, in überredendem, heftig beschwörendem Ton: »Rita! Du bist es! Kusine Rita! Natürlich! Oh, mein Gott! Die breite Stirn, der Spalt vorn zwischen den Schneidezähnen!«

Ich sah noch am Rande, wie die Tochter, meine schöne, still trauernde urplötzliche Verwandte, errötete, bevor die Mutter mein Gesicht in der wolligen Korpulenz ihres Busens barg und mir sagte, ich sei Rita, ihre Kusine, und sie Manuela, wir seien ja Blutsverwandte und Blut sei dicker als Tinte, Verwandte, mein Gott, Familie! Familie, die sich nun, hier in Belgien, in Flandern, man denke nur, Westflandern, erkannt und seit vielen, ach, schicksalsreichen Jahren nicht mehr, was gebe es jetzt zu erzählen, so spiele das Leben, gesehen hätten. Und das dort drüben, die Bildhübsche, sei, sie gurrte wegen der Pointe und zerrte mich hinüber, Martina, ihre Tochter, die unsere Geschichten von früher durch sie, Manuela, kenne, so gut und genau wie sie, Manuela, selbst. Das wolle sie mir auf der Stelle beweisen, Geschichten von mir, von Alex, uns allen!

Wer ist sie wirklich?

Dann kündigte sich noch eine Frau namens Stefania an, die eigentlich Doris hieß. Deshalb merkte ich zuerst nicht, wer am Telefon auf mich einsprach. In meiner Kindheit hatte ich eine im großen und ganzen gutmütige Doris gekannt, rund wie ein O, das Kind einer Nachbarin, das einen schönen Schleierschal besaß. Die war es aber nicht. Die sogenannte, von sich selbst umgetaufte Stefania, die sich besser gleich den Namen Lukrezia verpaßt hätte, erzeugte sofort, als sie sich zu erkennen gab, eine Ängstlichkeit in mir. Um Himmels willen, dachte ich, fantastisch, nach so vielen Jahren wieder zu hören von ihr. Wenn sie doch damit zufrieden wäre und wegbliebe!

Diese angebliche Stefania, eigentlich Lukrezia, verjährte amtliche Doris, die also, die war's, hatte zeit ihres Lebens Schrecken um sich verbreitet, Katastrophen schwebten ihr voraus und stolperten in ihrem Gefolge. Ihre Macht über die Männer schien lange grenzenlos zu sein. Nicht alle wurden allerdings von ihr verlassen, in die Wüste geschickt, in hysterischen Anfällen aus dem Bett gejagt. Sehr selten kam nämlich auch sie an die Reihe mit den Schmerzen, weil ein schöner, noch nicht voll ausgekosteter Liebhaber entschlüpfte zu einer anderen oder nur fortging, weil er sich zu langweilen begann, oder es handelte sich um Krämpfe nach ihren riskanten heimlichen Abtreibungen. Sie brachte dann alle ihre treuen Anhänger zum Zittern, egal welchen Geschlechts.

Daran erinnerte ich mich noch. Ihr Besuch aus heiterem Himmel ließ sich nicht verhindern. In Eile versuchte ich, sie mir vorzustellen als viel ältere Frau, die ja nicht mehr über den verführerisch eingesetzten Aufschlag ihrer rabenschwarzen Augen von damals und die herausfordernd jungenhafte Figur verfügen konnte, vielleicht aber doch noch, und greller als je zuvor, über das plötzliche Hochkreischen ihrer Stimme und die Leidenschaft für Tiger- und Leopardenmuster über den gesamten Körper hinweg? Das war es ja, was man schon damals als drohende Zukunft für sie gefürchtet hatte: Doris, verlassen von ihren stets siegreichen Reizen, als alte Frau auf dem Liebesschlachtfeld schwer angeschlagen herumirrend, nicht mehr irritierend schräge, vielmehr bedauernswert schief.

Damals, ja damals mußte jeder Mann, der mit ihr irgendeine Gesellschaft besuchte, damit rechnen, daß sich ein solcher Triumph nie wiederholen würde. Nichts garantierte ihm die Rückkehr und eine weitere Nacht mit ihr. Sobald andere, noch nicht unterworfene, womöglich eine Widerborstigkeit zur Schau stellende Männer auftauchten, rüstete sie sich zum Gefecht und vergaß voller Unschuld den, mit dem sie gekommen war. Man konnte beobachten, wie sie zur gegnerischen Seite von Minute zu Minute schneller hinüberrankte, -glitt, -glitschte. Sie machte sich in diesen Momenten wachsweich, vorübergehend knochenlos und bekam immer, was oder wen sie wollte, meist auch für den Zeitraum, der ihr genehm war. Die Liebe eine Art von Geisteskrankheit? Nur zu! Übrigens stahl sie wie ein Rabe in Warenhäusern, zu ihrem Vergnügen, waghalsig, auch, um ihre bürgerlichen Begleiter zu necken, zu erschrecken. Als ich sie das letzte

Mal sah, begannen die Opfer allmählich, kaum merklich erst, rarer zu werden. Ein Grund zur Panik war das für sie noch lange nicht. Sie starrte nur manchmal stumm vor sich hin.

Und jetzt würde sie plötzlich vor der Tür stehen als Stefania, die kaum noch zu wissen schien, wie sie einmal wirklich geheißen hatte! Eine Stefania, natürlich groß gewachsen wie früher, aber inzwischen mit scharfen oder gedunsenen Gesichtszügen und, bestenfalls nach dem üblichen Programm, vielen Freundinnen, die alle »tolle Frauen« sein würden, mit großen Ohrringen und angeblich aufständisch brennendem Hennahaar.

War es, dachte ich, als sie dann wieder gegangen war, wirklich die Ruhe ihrer neuerdings asiatischen Religion, die sie in eine nicht teuer, aber erlesen grau gekleidete, dicke und glatte, gelassene und lächelnde Frau verwandelt hatte? Ich sah in den stefaniagrauen, in sich und den Augenblick versunkenen November, ein voluminöser Gottgeist in Nebelgestalt, unverwinkelt, mächtig und sacht. Man hatte sie gar nicht angreifen können in ihrer milden Würde, in ihrem gefaßten Glück. Ein Wunder, wenigstens etwas Wunderbares? Am liebsten hätte ich ihr dauernd gratulierend die Hände gedrückt zur Medizin der Meditation. Daß es so gut mit ihr, der stets alarmierenden Doris, ausgegangen war! »Zwischen fünf und sieben liege ich immer wach«, hatte sie gesagt, »dann denke ich. Ich denke und denke wie noch nie, jeden Morgen, denken, nachdenken, ganz stark, mit aller Kraft.« Sie wallte schließlich davon in Frieden und Einsamkeit, den drängendsten materiellen Sorgen enthoben, wenn auch in geringerem Maße als denen des Herzens. Erst am frühen Morgen, als ich zwei Stunden wach lag, fiel es mir ein und erkannte ich es:

Zwei-, dreimal, ganz kurz ausbrechend, herausstechend aus dem beinahe feisten Hals Stefanias und ihren grauen Verbänden, hatte sich der Rabenvogel gemeldet, krächzend in seinem lebenslangen Unglück, ein schnell von ihr rückgängig gemachtes Versehen nur, ein abgehackter Sirenenton, und ich sah vor mir Äcker im eisigen März, in deren Furchen noch Schnee liegt. Schwarze Vögel hüpfen darüber, als drohten ihnen die Füße zu erfrieren bei jeder Berührung mit einem Erdreich, das unwirtlich ist.

Krähen

Ich war schon über neunzig. Die Leute wußten es nicht, meine Tochter, natürlich, die schon, aber ich sah sie selten, fast nie. Man hielt mich für fünfzehn Jahre jünger, und wer mein wirkliches Alter ahnte, der sagte erst recht, um mich zu trösten und mir ein wenig letzte Freude zu spendieren: »Machen Sie keine Witze!« Ich lächelte dann zu solcher Unbeholfenheit mit dankendem Kopfschütteln sehr manierlich.

Mein Gott, wie gleichgültig mir diese Komplimente waren, die sie für das Schönste hielten, was sie mir zustecken konnten, da mir doch sonst nichts auf Erden geblieben war. Ich rief auch anständig »Tatata!«, wenn ich ihre Kinderchen sah. Die Eltern erwarteten das. Ich mußte es tun. Die milchigen jungen Mütter mißtrauten meinem Blick. Wenn ich nicht achtgab, witterten sie darin etwas Unheimliches, sogar, wie übertrieben, irgendwas Feindliches, nämlich mein Wissen, was konnte ich dazu, um die unvermeidliche Wiederholung, Leben um Leben, angesichts ihres einmaligen Käuzchens im Kinderwagen. Also schnell Augen zu und: »Tatata!« Viel später würden diese Mütter, diese braven Persönchen, über ihre Zeit als junge Frau sprechen wie über eine wer weiß wie wilde Tochter, auf deren Ungebärdigkeit sie schrecklich stolz sind. Wer sollte das noch nachprüfen. Kann sein, daß ich für ihre Nestlinge zur Vogelscheuche erstarrte. Aber sie, die Kleinchen, kamen mir andererseits vor wie tausendfach produzierte putzige Blechautomaten. Nein, wir belebten uns wechselseitig nicht.

Dabei liebte ich diese winzigen Wänste, lustige, tragische Wesen. Ich spürte in ihnen Gleichgesinnte, noch, ein Weilchen nur, Gleichgesinnte. So viele von ihnen hatte ich schon gesehen, und doch rührten mich diese rundlichen Frätzchen, deren Klugheit mit jedem Tag weniger wurde, immer weniger wird. Das ist der Lauf der Dinge, den ändert keiner, kaum einer erkennt ihn. Zum Frühstück sah ich in der Zeitung immer häufiger und lange die grimmigen, auch weinenden, gramvoll zusammenbrechenden Gesichter derjenigen an, die gerade ihre Arbeitsstelle verloren hatten. Sie interessierten mich mehr als diese jungen Mütter, die vor Rechthaberei beinahe platzten, wenn sie in große Autos sprangen und wieder heraus.

Früher? Ja sicher, früher! Früher! Kaum konnte ich mir damals noch vorstellen, daß ich doch einmal wie ständig auf Zehenspitzen in die Stadt gelaufen bin. Ich wollte das aufpeitschende Knallen der Absätze hören. In die Stadt, in die Stadt, wo das Großartige passierte, oder immerhin möglich war, jeden Tag in die Stadt, an den Schaufenstern entlang. Bodenberührung so wenig wie möglich. O weh, das große Glück, die Riesenüberraschung, viel war's dann nie, aber ich glaubte jeden Tag neu daran.

Ein einziges Mal habe ich die große Leidenschaft erlebt. Ich fühlte mich wie eingesperrt in einen heißen, finsteren Kasten. Auf keinen Fall wollte ich da raus, aber es war entsetzlich da drinnen, pechschwarz, und alles hätte passieren können. Auch ein Mord? Auch ein Mord.

Draußen ging, als ich dann neunzig war und meine Füße mein Schmerz und Kummer wurden, jeden

Nachmittag ein alter Hund vorbei, schlurfte wie ein langsamer alter Mann und wie ein Kind, das gerade die ersten Schritte gelernt hat, alles dasselbe. Auf dem Schoß saß mir währenddessen die Katze. Ich fühlte deren Knochen so gern durch den Fellkörper hindurch und nannte sie damals für mich »kleiner Würdenträger«, des Schwanzes wegen. Und doch, wie wenig wußte ich über das, was hinter dem Gesichtchen vor sich ging! Ich blätterte damals oft in einem Buch, in dem man in der glühenden Beleuchtung von Sonnenauf- und -untergängen, ewige Herbste in Stein gebrannt, die gewaltigen Abbruchkanten aller Kontinente gegen die Ozeane sah, rund um den Erdball herum, fremd und in einer Hand zu halten wie der Katzenkopf. Es waren Landschaften, die meine Gedanken zu Strudeln und Spiralen drehten, das schon, aber sie tünchten, sie malten auch etwas zu. Denn das Großartige machte mich immer trauriger, je schöner, desto betrübter wurde ich. Dieses Grandiose in der Natur konnte doch nicht alles sein? Es tat aber so. Ich las vom sterneerzeugenden Zusammenprall zweier Milchstraßen, und wie die eine die andere vertikal durchquert. Aha! Dabei erzeugt sie ringförmige Wellen. Soso, dachte ich, so geht es also da oben und da unten und vor und in Millionen von Lichtjahren zu, aha, sieh an, na sowas!

Das Herrlichste auf der Welt war schon damals für mich der Vogelgesang, besonders bei leichtem Regen. Die Leute sagen übrigens nicht die Wahrheit, wenn sie behaupten, das erotische Zittern käme in der Jugend und verflüchtige sich mit dem Alter. Schon in meiner frühen Kindheit hat es sacht gebebt und tat es noch in meinen Neunzigern, vor allem bei grauem, warmem Wetter. Mein Gott, ich weiß, wovon ich rede.

Allerdings zitterte ich in letzter Zeit vor etwas anderem, jetzt, wo ich nicht mehr auf das Einbrechen einer großen Liebe wartete, wartete ich mit angehaltenem Atem, um weiter zu warten wie gewohnt, auf einen Schrecken. Ein Schrecken, der meinen mit Mühe friedlich gehaltenen Horizont durchstoßen würde, wartete auf eine Nachricht, die man mir noch verschwieg, um mich zu schonen oder sich an meiner Furcht davor zu weiden.

Auch meine schwarz-weiße Katze, wenn ich ihr ein Liedchen vorträllerte mit meiner dünnen Stimme, überlief ein Zittern. Ein Kompliment an mich? Ein Vorwurf? »Die Lieder sind alle schon da, sie werden nicht von den Komponisten erfunden«, habe ich ihr erklärt, »die horchen und lauern nur besonders gut. Sie jagen und fangen sie aus der Luft, die besten Jäger die beste Musik.« Auch ich war im Alter immer schwarzweiß angezogen. Wäre es da nicht das größte Glück gewesen, die ganze Welt wäre in unser leises Schnarchen mit eingefallen, in die brummende, bräunliche Wärme bis zum Horizont und Jüngsten Tag? Als mir die Katze gestorben war – sie welkte gleichzeitig mit einem Rosenstrauß sechs Tage lang, spaltete sich ab von meinem Schwarz-Weiß. Dahin, lautes Schnurren, leises Schnarchen, dahin – ließ ich das Weiß natürlich bei der Kleidung weg und hatte nur noch die Krähen.

Ich hielt es damals zunächst für ein Unglück, daß die Jahreszeiten angefangen hatten, ineinanderzufließen. Sie hörten nicht mehr richtig auf, schienen auch nie mehr stillzustehen. Früher waren es doch lange

Zeit bewegungslose Bilder, jedes für sich ein unverkennbares Panorama: Frühling, Sommer, Herbst, Winter! Bis sie dann eines Tages abbrachen und man erwachte überrascht in der nächsten Szene. Man kannte sie kaum noch vom letzten Jahr. Alles war fast von Grund auf neu. Was für ein Dreck ist das dagegen jetzt, sagte ich immer öfter, wenn ich in der Wohnung herumging, auch jetzt noch: Dreck, Dreck! Weinen und Schluchzen konnte ich einmal, hatte es aber unauffällig verlernt.

Und doch war mir manchmal »in tiefster Herzenstiefe« flüchtig nach Weisheit und Güte zumute.

Meine frühere angebliche Eitelkeit? Ein Mißverständnis. Die Tage sollten doch nur immer Vorabende zu Festtagen sein. Ich war als Kind gepreßt und geformt worden, gezwickt und berauscht von den roten und goldenen Kirchenschauspielen. Selbst, ach, erst recht meine dicke Tochter – wie bin ich bloß an die gekommen? – begriff mich nicht. Wie schrecklich ist ein Übermaß an unbenötigter Liebe. Es ist der Glücksstrom, der senkrechte Einfall des Himmels, der fehlt. Man kann statt dessen ein guter Mensch werden, eine gute Frau. Kann's ja versuchen. Man wird dann horizontal vom Frieden beschienen, bescheint auch selbst. Liebt alles mäßig und gerecht. Allerdings wird man dick davon. Auch mir passierte das, da ich keine Wahl hatte. Bei jedem Menschen, auch bei einem Ausbund an Tugend, muß man nur Geduld haben, dann stößt man auf die Schicht seines Schlechtseins. Manchmal gingen mir einzelne Verse durch den Kopf. Ich konnte dann fast hineinsterben in diese Sätze, in die Unendlichkeit hineinsterben: »in tiefster Herzenstiefe«.

In der Nähe, im Wald, gab es ein blaues Häuschen, ganz allein in der Einsamkeit stand es da, blühte im Moosigen als Vergißmeinnicht. Es besaß nur zwei Staubfäden: die beiden dünnen Einwohner. Eines Tages war es verschwunden, ein anderes Haus stand breit da. Dreck, Dreck auch hier!

Später, als ich neunzig war, hatte ich die Krähen vor der Küchentür zum Garten. Schon am frühen Morgen warteten sie in den Zweigen auf mich, erst eine, dann zwei. Ab und zu kniff ich mir in Gedanken mit dem Zeige- und Mittelfinger in die eigene Wange, wie es mein Vater oft aus Zärtlichkeit gemacht hatte. Ich tat mir weh, wie einstmals ahnungslos er mir mit seinen gekrümmten Händen, aber ich hatte mich immer nur geduckt und kein Wort gesagt, war bloß froh, wenn es vorbei war. Ich spürte, wie das Vergolden von Mutter und Vater zunahm. Sie wurden zu schönen Legenden in meinem Herzen, ich gestattete es mit Lust und Schmerz und merkte daran, wie alt ich geworden war.

Mit zehn Jahren lag ich zur Mittagszeit in einem Kinderheimschlafsaal. Fruchtdrops, schöne bunte Klumpen in Staubzucker gerollt wie Beeren in Reif, von meiner Mutter mir zum Trost gegen die vielen Leute geschickt, lagen unter der Matratze versteckt. Von ihrem bißchen Geld, dachte ich und glaubte daran: In der Einsamkeit lutschen, bei jedem Stück an sie denken, auf keinen Fall etwas abgeben! So lag ich in scheußlichem Heimweh, steif und wach. Gleichzeitig sah ich vom Bett aus den gewölbten Himmel, in dem ein Flugzeug sommerlich rumorte und versuchte, bevor es in der Ferne versickerte, durch die blaue Kuppel zu kommen wie verirrte Hummeln an Glasscheiben.

Und ich, ich machte es mit! Und so zerrte es mich mein Leben lang, zurück, aber auch nach vorn.

Das weiß ich noch, das vergesse ich nicht. Ich sang zum Kaffee und zu den Erinnerungen, ein Krächzen, tatsächlich, das nur die Krähen draußen in den Bäumen hörten. Zuerst bekamen sie Brot, später Fleisch von mir. Im März, wenn die Vogelrufe beginnen, fiel mir meine erwartungsvolle Jugend ein und wie sie in jedem Frühling neu einsetzte.

Bis ich eines Tages durch einen geheimen Vorfall meine Hoffnung verlor. Jemand hatte mich verlassen. Ich saß versteinert am Küchentisch, ich hatte auch die Vogelrufe verloren, sie waren bedeutungslos geworden, ein Geräusch, ein Tumult, nichts weiter. Das ging so, bis ich mich aufraffte. Ich lachte drauflos, damit mir durch den Radau zum Lachen zumute wurde. Ich besann mich auf den Wald. Plötzlich wußte ich, er war mir in der Kindheit ja gar nicht abhanden gekommen.

Der Wald stand mir noch bevor!

Mehr erkannte ich nicht, das aber schon. Er würde noch kommen und mit ihm die unwiderstehlichen Rufe. Auch heutzutage konnte es dort noch am Ende des Sommers Holunderbeeren, Schlehen, Hagebutten, Ebereschenbeeren und die blutroten Früchte vom Geißblatt geben. Wie schön, sich von denen sorglos zu ernähren. Da erinnerte mich der Waldboden mit Moos, Farn und den Rinden, aus denen die Pilze wachsen, plötzlich an einen Mann, wer war es nur, der mir sehr teuer gewesen war. Er hatte selten gesprochen, aber wenn er damit anfing, dann redete er viele Minuten lang. Ach, die dunklen Waldgründe, gefleckt vom grünen Sonnenfeuer!

Als ich neunzig war, wurde meine Einsamkeit so groß, daß die Möbel in den Zimmern anschwollen. Ich sah oft auf die Uhr, immer kam eine Überraschung dabei heraus. Einmal war es acht Uhr, dann wieder fünf Uhr, dann verging eine sehr lange Zeit, und doch war es schließlich erst zehn nach fünf. Eine Taube flog hinten im Garten vorüber, wahrscheinlich eine Taube, für mich war es nur ein grauer Vorüberflug, genau so bewegte ich mich, ein graues Tuch, durch die Zimmer. Es mochte an meinen Augen liegen. Den Krähen, es waren drei oder vier, warf ich die Reste der Wurst oder auch extra Gekauftes hin. Sie kannten mich, sie rechneten mit mir, glänzende, kluge Tiere. Immer waren sie hungrig, das gefiel mir an ihnen, dieses Brennen. Ich hörte oft Glockengeläut in der Ferne, öfter und öfter läuteten Glocken. Ob es die Heizung war? Gründonnerstagsgeläute? Es gab viele Momente der Erleuchtung, ganz kurz nur, aber sie häuften sich. Die Krähen verstanden das und schwiegen dann solange.

Schwanen- und lilienweiß, wie soll ich sagen, hat einmal eine tote Möwe zwischen großen, sauberen Steinen am Strand auf dem Rücken gelegen, hat sich dort tagelang allmählich zersetzt, zum Schluß versikkernd neben den Granitkieseln, während hoch, hoch darüber die lebendigen Gevatter ihr eigenes Segeln ohne Mitleid genossen wie noch lange vor oder schon längst nach dem Tod.

Allerdings wurden mir die Menschen von Tag zu Tag grausiger. Lächerlich, dieses stets um gute Stimmung besorgte, nach außen die Zähne zeigende Familienleben! Auf den Magen schlugen sie mir mit ihrer plump getischlerten Zuversicht. Schwer vorstellbar war für mich, daß ich einer von ihnen sein sollte. Warum brachen manche Leute in Tränen aus, beim bloßen Wort »Mensch«, ich meine, nicht Tränen der Angst, sondern der Rührung? Ich dagegen fing an, die höflichen, gut trainierten Bestien in ihren Anzügen zu fürchten. Hatten sie nicht auch das Beerdigungsläuten abgeschafft wegen der störenden Tristesse? Dafür wurde bei Hochzeiten gebimmelt wie wahnsinnig. Dann kamen die Kinderchen, man pflanzte sehr lieb kleine Bäume zu ihren Ehren und fällte die alten, wehrlosen Helden, fällte Eichen und Buchen wegen des Schattenwurfs ihrer Königsmäntel. Einmal hatte ich mich noch am Postschalter nach einem Auslandsporto erkundigt. Die Frau zeigte schon bald mit dem Zeigefinger an mir vorbei. Da sah ich die lange Schlange der Wütenden hinter mir und gab auf.

Obschon mein Glaube, meine Konzentration auf Gott nicht stark war, bat ich den Altjungen, weil ich mir keinen anderen Rat wußte, mir Liebe zu den Bestien zu ermöglichen. Ich wollte nicht am Abscheu sterben. Ich sagte Gebete, an die ich mich in Bruchstücken erinnerte. Ich versuchte, meinen Menschenhaß zu hassen. Dabei liebte ich ihn. Nur frühmorgens bezwang ich ihn, dann, am Vormittag schon, ließ er seine herrlichen Muskeln spielen. Was war ich doch in dieser Hinsicht für eine kraftstrotzende Greisin!

Der Hunger der Krähen gefiel mir, ihr Krächzen meinte es gut mit mir. Aber mein eigenes Futter, das für mich selbst, begann mir auszugehen. Ich war hungrig, dürr und heiser geworden. Ich hatte noch einige Konserven, alte Nüsse, Tütensuppen. Meine Füße und Hände krümmten sich vor Alter. Jemand rief an, er verstand meine Stimme nicht mehr. Meine Tochter vielleicht? Mann oder Bruder? Mein Mann, meine einzige wirkliche Heimat auf Erden, lange, lange dahingegangen. Ein amtlicher Brief kam, eine Albernheit, die mich ins Leben zurückpfeifen wollte. Wenn ich tot bin, werden mich die Leute holen, dachte ich. Es entsetzte mich. Die Krähen schrieen: »Nein, alte Rita! Nein!« Nachts träumte ich von ihren Schwärmen, von ihrer abendlichen Rückkehr in den Krähenwald, dann auch tagsüber. Ich sagte mir: Bis zuletzt werde ich sie mit den Resten meines Essens füttern. Dann mit mir selbst.

Schon schwanden mir die Sinne, schon ergriffen sie mich. Ich glaube, jeden Abend verdunkeln, erhellen wir jetzt den Himmel, vergnügen uns am unheilbaren Stimmbruch, am unstillbaren Hunger, am uralt-halbwüchsigen Schrei.

Oder bin ich nun endlich nichts weiter als ein Kissen, als die Teekanne in dieser kleinen Wohnung, die so aufgeräumt, so heiter ist? Vorher war ich wohl dies und das bei einer verarmten Abenteurerin, die sich nur noch wankend, ach, wie betrüblich das Schwanken der schwer gewordenen Beine, zwischen den graugrünlichen Bestandteilen eines muffigen Unterwasserreichs bewegte, alles, auch ich schließlich, von Flechten und Schimmel der tapfer verdeckten Entbehrung überzogen im Geruch von Räucherstäbchen. Über allem lag eine schon moosig gewordene Decke des Kaschierens.

Die silberne Teekanne auf blankem Tablett bin ich jetzt. Und hier, Zucker und Zitronensaft, dort Sahne und Kandis auf den beiden blinkenden Nebentablettchen, das bin ich auch. Manchmal, in einer früheren Phase, kam der uralte Fehler durch. Da hatte ich das Gefühl, die Leute sprächen in schonenden Andeutungen zu mir. Sie hielten etwas in der Hinterhand, nur begriff ich nicht, was. Sie lobten mich, aber ich spürte den Mangel an Überschwang. Der Verkehrston war halbherzig. Man lauschte mir höflich, hoffte aber, ich würde endlich still sein.

Jetzt, als Kissen und Kanne, ist alles gut. Als Sofa, als der angenehme Holzgeruch zwischen diesen Wänden, löst sich das Problem und auch ein zweites: Es kam mir ja immer so vor, als wären die Menschen Austriebe, Knospen von mir. Bloß zu meiner Unterhaltung und Freude an Vielgestaltigkeit verstellten sie sich. Dabei hatten sie doch ein Recht, selbständige Wesen zu sein. Aber konnte ich es wirklich glauben? Ach was, nie.

Sie wissen nicht, wer der schöne Apfelkuchen auf dem Tisch ist. Die adrette Frau, die ihn mit Nüssen und Korinthen gebacken hat, ahnt es nicht, und Herr Helmenberg, der arme Mensch mit seinen brüchigen Schuhen und den Haaren, die ihm aus Nase und Ohren wuchern, der noch weniger. Seine Hände sind immerhin sauber, und er hat eine Krawatte umgebunden, der entzückenden Dame zuliebe. Bestimmt ist er früher einmal weniger gebeugt gegangen, aber er lächelt. Die Haare der Dame sind schon grau, fast weiß gestreift, sie zieht ihm rasch die Hand weg, um zu verhindern, daß er sie küßt. Auch wenn niemand sonst zusieht, möchte sie ihm und sich einen Fauxpas ersparen. Er hätte ihr nämlich die nassen Lippen ohne Zwischenraum knallend auf den Handrücken gepreßt. Was hat er ihr mitgebracht? Einen schönen Apfel!

Die beiden siezen sich. Er bewundert die Teekanne und kitzelt sie unter dem Henkel. Ich kichere lautlos und spiegle ein intelligentes, müdes, waches Gesicht. Obschon sie die Witwe ist, spricht sie mit ihm, als wäre er derjenige, der getröstet werden muß. Sie sagt freundlich: »Manchmal …«

»Es ist alles gar nicht so schlimm, wie man vorher denkt. Zuerst habe ich immer hervorragende Kritiken bekommen, dann hat man sich von mir abgewandt, plötzlich Verrisse, keine Leser mehr. Es gab eine Schrecksekunde. Jetzt macht es mir nichts mehr aus. Ich gehe spazieren. Die Leute haben endlich herausgekriegt, daß sie mich nie liebten. Nichts geht zur Zeit über den gesunden Menschenverstand. Die Kritik propagiert ihn von morgens bis abends, und man kann nur hoffen, daß sie ihre dreckigen Pfoten nicht an das legt, was von Herzen verrückt ist«, sagt der Besucher, ein Schriftsteller also.

Nur sehr kurz habe ich weggesehen, vor mich hingeträumt in einem der treulichen Gegenstände dieses Zimmers. Als ich den Mann wieder wahrnehme, entdecke ich seine angeschwollene rechte Wange, regelrecht kleinkindhaft ausgestülpt. Das war eben noch nicht so. Er versteckt dort ganz sicher ein Stück Apfelkuchen, spricht aber, als wäre nichts, übt offenbar das Reden unter erschwerten Bedingungen vor ungefährlichem Publikum.

Die zierliche Frau ist eine gute Zuhörerin. Der Besucher erzählt ihr, er wolle eine Sammlung von perspektivischen Geschichten schreiben über sehr junge, sehr alte und mittlere Männer. Er wolle von seinem eigenen Lebensalter nach hinten und vorn sehen, die Kinder und Greise nur undeutlich und beinahe verklärt, die Gleichaltrigen scharf. Ob das wohl interessant sei?

Die Frau klingelt mit dem Teelöffelchen. Es gefällt ihm, er macht es ihr nach. »Beim Schreiben einer Geschichte muß man einem Stück Wirklichkeit ein Gummiband einziehen, wie einem Schlüpfer. Entschuldigen Sie, aber ich schätze das altmodische Wort, ich sage es gern: Schlüpfer, warum nicht: Schlüpfer! Dieses Stück muß elastisch werden, sich krümmen und dehnen nach dem Gesetz einer bestimmten Dynamik.«

»Sehen Sie nur, Herr Helmenberg, da auf dem Balkon hüpft ein Zaunkönig in den Zweigen meines Wandelröschens!«

Er ist unruhig, schließlich fragt er, ob er rauchen darf. Als sie sofort einen Aschenbecher holt, kommt ein tiefer Frieden über den Mann. Die rechte Wange ist wieder eingefallen wie die linke. Er betrachtet ihr liebenswürdiges Lächeln, ihr liebenswertes Gesicht und bläst den Rauch in Ovationen andächtig aus sich heraus: So bringt er ihr doch noch die fälligen Blumen dar.

Nun klingelt etwas anders, das Telefon. Die Frau geht mir ihren unumwunden liebreichen Schrittchen flink ins Nebenzimmer. Ich bin allein mit dem Schriftsteller. Er sieht die Teekanne an, den Apfelkuchen, er erkennt mich nicht, ich aber kann ihn betrachten, wie ich will. Als die kleine Gastgeberin wiederkommt, lächelt sie rosig über das ganze Gesicht. Sie sagt, eine über neunzigjährige Bekannte, der sie vor ein paar Jahren eine Pflanze geschenkt habe, sei am anderen Ende der Leitung gewesen. Noch nie habe sich diese Dame telefonisch gemeldet, nun aber doch, vor Glück, weil die Blume zum ersten Mal, und wunderschön, blühe.

»Früher einmal«, sagt er, »da behauptete ich, zu Zeiten meines Erfolgs, zum Spaß: ›Der Kurzroman ist die Krone der Literatur schlechthin!‹ Oder: ›Luxemburg ist die geheime Königin der tektonischen Phantastik!‹ Oder auch, verzeihen Sie, ich habe es ja immer nur gemacht, um mich zu amüsieren: ›Heikle Frauen verführt man über ihre Ellenbogen, die erotische terra incognita!‹ Man staunte mich an, wenn ich verkündete: ›Die Erneuerung unserer erschlafften Gesellschaft muß von den Müllmännern ausgehen. Ihr Orange ist die Formel einer athletischen Gefühlsrevolution!‹ Besonders diese gewissen zerzausten Kulturweibchen, immer um Ironie bemüht, was haben sie denn sonst, waren hin und weg, wenn es dermaßen rund ging und ich mich speziell nicht rasiert hatte. Die fanden ganz toll, daß jemand so einen Blödsinn in die Welt grunzte, die stiegen mir nach wie verrückt! Heute ist die Mode nicht besser, aber etwas anders.«

Schämt er sich? Genießt er seine Beichte angesichts der kerzengerade sitzenden Frau? Sie ergreift mich energisch und gießt ihm Tee nach. Der Mann lehnt sich getröstet in mich zurück. Ich, Kanne und Kissen, summe vor Einverständnis. »Ach, die Jugendzeit« beginnt die Gastgeberin etwas altertümlich.

»Wie lange man braucht«, ruft jedoch sofort der offenbar einsame Mann, der nun auch ein Glas Portwein getrunken hat, »um zu begreifen, daß gerade die Unvollkommenheit ihr Zauber war: das Frösteln, die Sehnsucht, die Unzufriedenheit!«

Die Frau nimmt einen unerheblichen Schluck vom Wein und schüttelt ganz leicht, ganz für sich nur, den Kopf. Sie kommt gegen diesen Menschen einfach nicht an. Er stutzt. Da ermuntert sie ihn bereits mit einer Handbewegung, die wie die Andeutung eines nachsichtigen Fütterns ist, zum Reden.

»Herrgott, die Schulwandertage! Immer drohte ein Regen. Die Verschwörungen am Anfang oder Ende des Trupps, das Waldinnere, seitlich und flüchtig mit dem ganzen Körper wahrgenommen. Alles war Atmosphäre und ich ahnungslos, welchen Kardinalsmoment meines Lebens ich durchwanderte. Ein spiegelnder Regentropfen war das, ein anschwellender Wassertropfen, bis er abriß und stürzte, ins Gedächtnis stürzte und bis zum Schluß des Lebens alles Vergleichbare spiegelt.

Alles scheint eine Spiegelung des Tropfens zu sein. In glücklichen Augenblicken ... ist er es vielleicht ... warten Sie ... vollendet erst in einer ... wie soll ich sagen ... Wiederkunft?«

Er hält kurz inne, aber lediglich um auszuatmen und eine neue Zigarette anzuzünden.

»Wie gut Sie zuhören! Dabei gingen wir bloß vorwärts, in unsere Piraterien vertieft. Jedoch, wer weiß, vielleicht bin ich mitten in diesem Anschwellen immer noch begriffen? Mein ganzes Leben, kurz bevor es zu Ende ist, will ich als großen, sich mehr und mehr ablösenden, spiegelnden Tropfen erkennen und als das beschreiben. Sie aber werden, als gebildete Frau von Kindesbeinen an, die gesamte Literatur sicher als melodisches Vogelkonzert empfinden. Wie richtig für Sie! Um sie hervorzubringen, muß man allerdings einzeln für sich die todernsten Triebe der Vögel haben.«

Er senkt den Kopf. Endlich wird dem abgerissenen Menschen bewußt, wie sehr er sie mit seinen hanebüchenen Spinnereien überfallen hat. Das Kissen merkt seinem Rücken sein Unbehagen an. Errötend bittet er um ein weiteres Stück Apfelkuchen, er verspricht sich dabei. Rasch erhebt sich die Frau und kommt auf ihren klug bemessenen Absätzen leichten Schrittes mit einem gerahmten Foto in der Hand zurück.

Sie sagt, während sie vermeidet, ihn beim Essen zu beobachten: »Sehen Sie nur, Herr Helmenberg, das ist meine Mutter. Eine sehr alte Frau, das sehen Sie sofort, nicht wahr? Dabei war sie damals erst vierundsechzig, herzkrank und in ihrem letzten Lebensjahr. Die vielen Geburten und Fehlgeburten hatten sie erschöpft bis auf einen winzigen Rest. Sie konnte das Haus nicht mehr verlassen. Sehen Sie nur dieses Lächeln. Wie gefällt Ihnen das Wort ›Wehmut‹? Ist es ein Lächeln? Den Augen nach weint sie beinahe. Ich sehe das Bild jeden Tag an, diesen schönen, nicht wahr, so skeptisch geschlossenen Mund. Ja, es ist wohl ein Lächeln, aber was für eins! Ihr Blick geht aus dem Fenster. Sie sitzt da, als schaute sie jemandem nach. Das tut sie auch, ich weiß es ja. Mein Vater hatte damals eben die Straße betreten und noch fünfundzwanzig Jahre zu leben, ein guter, treuer Mann, das schon, ein stattlicher Mann im Sonntagsanzug, sorglos und frei den Spazierstock schwingend, auf dem Weg zu den Freunden. Meine Mutter hat gerade geflüstert: ›Da geht er hin!‹ Weiter nichts. Ach, der Schmerz in ihrer Stimme. Gewiß, gewiß, niemand ist schuld daran. Ich kann das Bild nicht ansehen, ohne es von Tag zu Tag sicherer zu erkennen und diesen tieftraurigen Satz zu hören: ›Da geht er hin!‹«

Ihre Hand fährt über die Wangen der Frau, mit Beben übers Glas, als müßte sie ein wenig Staub entfernen. Die Grazie ihrer Schritte und Gesten hatten ein feines Netz durch den Raum gezogen, ein Gespinst, das den Gast endlich zähmte. Aber nun hat sie selbst ahnungslos das Signal zur Zerstörung erteilt.

»›Da geht er hin‹?, ›Da geht er hin‹!« ruft, wieder Mut fassend und zum Leben erwacht den Kopf hochwerfend, der Schriftsteller. Er wartet gespannt, lacht dann, jauchzt: »Sie wissen wirklich nicht, daß Ihre werte Frau Mutter, absichtlich oder zufällig, die Feldmarschallin aus dem ›Rosenkavalier‹ zitiert, als sie dem schlimmen Baron Ochs auf Lerchenau nachsieht?«

Die straff auf ihrem Stuhl sitzende Gastgeberin

starrt ihn an. Sie sagt nichts, rührt sich nicht. Ihre Nasenflügel ähneln plötzlich denen der Fotografierten. Flüstert es in ihrem Gesicht nicht auf einmal sehr leise: ›Da geht er hin‹, obschon ich nicht weiß, wen sie meint, was sie meint? Dann nimmt sie das Bild und trägt es schnell fort, wortlos fort, erst jetzt erkenne ich die Heißblütigkeit der zerbrechlichen Frau, in sein Versteck. Dort sagt sie, halb träumerisch, halb schluchzend, nur ich darf es hören: »Ach, noch einmal ihr Fuchshaar zu sehen an einem solchen Septembertag und Muttergottesgläschen zwischen den hohen Brennnesseln rankend« – ich aber werde der Rahmen sein, der sie schmückt und entrückt, nichts weiter als das demütig durchsichtige Glas, das sie schützt für alle Zeit, alle Zeit – »noch ein einziges, nur ein einziges Mal!«

Schnelle Rückschlüsse
Ein Nachwort*

Was steckt eigentlich hinter der bei Literaturlaien wie -profis weit verbreiteten Gier, die autobiographischen Anteile eines Werks zu erspitzeln? Geht es nur um die geläufige Mißachtung von Literatur als ausdrücklicher Setzung, zumal sich über alles andere als ausgerechnet die Kunst an der Sache leichter reden und schreiben läßt? Soll überprüft werden, in welchem Ausmaß der dem Autor unterstellte Exhibitionismus dem eigenen voyeuristischen Vergnügen die Waage hält, und hofft man, den Autor, der ja auch nur ein armseliger Mensch wie du und ich sein muß, bei etwas zu erwischen, das er als und via Kunst schlau verbrämen wollte? Oder fordert der Leser vielmehr, da Identifizieren, also das Ansiedeln eigener Autobiographie im Nest vorliegender Sätze, Vertrauenssache ist, die Absicherung, daß sich der Aufwand lohnt und man nicht Gefahr läuft, auf den Schwindel einer Fiktion hereinzufallen?

Hier noch zwei respektablere denkbare Gründe: Man möchte feststellen, ob der Erzähler bloß vom Leben abgeschrieben hat, also das Gefälle ermessen können, das zwischen tatsächlicher Sachlage und literarischem Ergebnis besteht, zur Abschätzung der Kunstanstrengung. Endlich, als vielleicht bestes Motiv, der

* Dieser Text erschien zuerst 1991 als Kolumnenbeitrag in der Zeitschrift *konkret* unter dem Titel »Literatur und sentimentale Hautflechte«. Er wurde für diese Ausgabe durchgesehen und um eine kurze Nachbemerkung ergänzt. Alle Geschichten entstanden 2006/07.

Wunsch, Literatur möge auch dem Leben und nicht allein der Kunst entspringen.

Und apropos Leben: aus Anhänglichkeit, aber ebenso aus arbeitsökonomisch fundierter Abneigung, sich bestimmte Details und Milieus auszudenken, greifen Schriftsteller gern auf autobiographische Einzelheiten zurück. Dabei kann es eine besondere Lust sein, diese kaum zu verändern. Am liebsten würde man manchmal sogar die Namen original nach der Vorlage übernehmen, nur zu dem Zweck, die willkürlich autobiographischen Fakten in ein kontrolliertes poetisches Gefüge einzugeben und in dieser Kunst-Maschine ganz anders als »draußen« funktionieren zu lassen, unmerklich, aber vollständig verändert innerhalb eines sehr individuellen Systems von Bedeutungen – die Art dieses Musters ist vermutlich das autobiographisch aufschlußreichste –, in dem sie, isoliert betrachtet, nicht ihr Aussehen wechseln, aber sonst alles – Gewicht, Proportion, Energie, Materialstruktur.

Das Interessante ist nun, daß es sich bei diesem Punkt keineswegs um ein lediglich innerliterarisches Problem handelt, sondern daß die schriftstellerische Arbeit hier exakt ein sogenanntes allgemein menschliches Verfahren im Umgang mit dem eigenen Leben abbildet.

Autobiographien werden u. a. verfaßt, um das bisher zurückgelegte Leben aus der Anonymität der Vielen als einzigartiges, jedenfalls von ihnen unterscheidbares herauszustellen, oder auch, um sich mit dem verfaßten Lebenslauf gegen die mißverstehenden Blicke der Restwelt zur Wehr zu setzen (darstellen, »wie es wirklich war!«), vor allem aber – und das betrifft nun auch all die kleinen, unvollendeten mündlichen Autobiographien, die jeder von einem gewissen, meist noch jugendlichen Alter an zu gestalten beginnt –, um aus den mit zunehmenden Jahren refrainartig memorierten Lebensvorkommnissen prägnante, motivlich stimmige, einen Wendepunkt markierende Erlebnisse zu machen, möglichst mit Welterkenntnis zum Ausdruck bringender Beispielkraft, und sei es als Beleg für die eigene Pechvogelexistenz oder einen stets blind wütenden Zufall. Eine, irgendeine Struktur, an der sich das Leben, »mein Leben«, zur Lebensgeschichte aufreihen läßt, muß her. Das betreiben die immer in einen Pott geworfenen Hausfrauen und Rentner nicht anders als ausgefuchste Intellektuelle. Die ersteren stottern allenfalls etwas weniger dabei.

»Eine der weniger beobachteten menschlichen Neigungen ist die, sich Ereignisse mit Verfallsfrist zuzubereiten, sich eine Reihe von Ereignissen zu bilden, die einen Aufbau haben, eine Logik, einen Anfang und ein Ende. Das Ende wird fast immer betrachtet als eine sentimentale Hautflechte, eine (...) Krise der Selbsterkenntnis. Das erstreckt sich vom planvollen Aufbau von Hieb und Gegenhieb bis zu dem eines Lebens. (...) Die Erzählkunst befriedigt eben diese tief verwurzelte Neigung«, schreibt Pavese in *Das Handwerk des Lebens,* einem Tagebuch, in dem er selbst aus winzigen Geschehnissen und Gedankensplittern wie manisch sofort, vorausschauend und bilanzierend, Lebensregeln ableitet. Vorgeführt wird, unfreiwillig lehrreich, die frivol triumphierende, sinnspendende Konstruktion einer scheinbar unentrinnbaren Folgerichtigkeit im Ablauf seines sich auf den Selbstmord zubewegenden

Lebens, ein Krieg gegen sich selbst, der insofern Privatsache bleibt. »Das Lebenshandwerk ist die schöne nie erreichte Kunst geblieben«, läßt etwa 40 Jahre später Lukas Hammerstein in seinem Roman *Eins : Eins* konstatieren. Zum Kunst-Handwerk aber wird das Leben, indem man es z. B. in Krisenkomplexe portioniert, eine Stilisierungstechnik, die jedermann beherrscht und praktiziert, auch wenn die alten Frauen in den Zugabteilen und die jungen Paare an den Haltestellen diese anspruchsvolle Vokabel als Beleidigung empfänden. Nicht aus Bescheidenheit, sondern wegen der Infragestellung kostbarer Authentizität.

Sicherlich hätte, nicht anders, der im 16. Jahrhundert lebende Mailänder Arzt und Mathematiker Girolamo Cardano die Unterstellung, es handele sich bei seiner *Eigenen Lebensbeschreibung* um eine Inszenierung, als kränkend empfunden. Dabei ist es die – unbeabsichtigt – aufklärerischste Autobiographie, die ich kenne: »Glück war es erstens, daß bei mir, wenn bei irgendeinem Menschen, ganz deutlich immer alles bis aufs äußerste genau im richtigen Zeitpunkt eintraf, so daß in den meisten Fällen mein ganzes Leben zerstört gewesen wäre, wenn der Beginn eines Ereignisses auch nur ein wenig früher und rascher eingesetzt, das Ende auch nur um ein wenig sich hinausgeschoben hätte.« Fast noch (spät-)mittelalterliche Einfalt und Schicksalsgläubigkeit? Ich persönlich verkrafte die Offensichtlichkeit dieser Autosuggestion wesentlich leichter als das: »Noreen war hübsch, zartgliedrig; sie hatte rotgoldenes Haar«, als das: »Der Werkmeister war Ende Dreißig, ein netter, ordentlicher Mann. Er hatte ganz hellbraune Haare«, oder das: »Ich mag Einsichten«, »Ich mag schöne Menschen« z. B. der Helden Harold Brodkeys in ihrer amerikanischen »Ihr-wißt-schon«-Einfalt und großspurig unterkühlten Schicksalsgläubigkeit.

Es handelt sich hier natürlich um spezifische Rollenprosa. Gerade übrigens, wenn ein Autor die Erzählwelt aus einem redenden Ich heraus entstehen läßt, ist Vorsicht bei schnellen Rückschlüssen geboten. Indem das trivialliterarische Laborieren mit Wirklichkeit durch ein sich vorstellendes Subjekt erscheint, wird das hochgradig Künstliche, Gemachte des naiven autobiographischen Erzählens und damit unser aller normales Berichten von dem, was uns zustößt (das Herstellen von Erlebnissen, ihr Verknüpfen zu symptomatischen Bewegungen eines Lebenslaufs), per Nachahmung bloßgelegt, die durch diesen gezielten Akt Kunst werden kann.

Literatur imitiert wissend den Impetus des naiv autobiographischen Erzählens, wie dieses unwissentlich Literatur imitiert. Die alten, längst fern aller Bücher jedermann in Fleisch und Blut übergegangenen literarischen Muster bieten Wonnen strukturellen Schutzes, bergen aber die erhebliche Gefahr in sich, sie mit der Welt und ihren Wahrnehmungsangeboten zu verwechseln. Der Autor selbst spielt ständig mit dem Risiko, seine Fiktionen nachträglich autobiographisch werden zu lassen. Plötzlich befällt ihn, der sich so glänzend auskennt mit den Utensilien »Anfang«, »Ende«, »Hieb«, »Gegenhieb« jene ominöse Hautflechte, womöglich in ihrer albernsten Version. Seine Sache! In der Politik kann das Zubereiten von »Ereignissen mit Verfallsfrist« und dann angeblich alternativlosen, pseudo-heroisch akzeptierten Handlungszwängen (u. a. »Ehre«!) eine Katastrophe in Gang setzen, die jedes Maß übersteigt.

*

Schon früh hat mich das Verfassen von Autobiographien gleich welcher Art interessiert, ohne daß ich je selbst, bis heute und hoffentlich weiterhin, eine eigene hätte schreiben wollen. Die oben angestellten Überlegungen bilden den Hintergrund meiner Geschichten. Nicht mehr. Mir würde gefallen, wenn man die Sammlung als sehr lückenhafte Biographie in autobiographischer Form über eine gewisse unzuverlässige Rita lesen würde.